共和国故事

青春奉献

——共青团中央发起中国青年志愿者行动

董文华 编写

吉林出版集团股份有限公司

图书在版编目（CIP）数据

青春奉献：共青团中央发起中国青年志愿者行动/董文华编.——长春：吉林出版集团股份有限公司，2009.12

（共和国故事）

ISBN 978-7-5463-1831-8

Ⅰ.①青… Ⅱ.①董… Ⅲ.①纪实文学–中国–当代 Ⅳ.①I25

中国版本图书馆 CIP 数据核字（2009）第 236703 号

青春奉献——共青团中央发起中国青年志愿者行动
QINGCHUN FENGXIAN　　GONGQINGTUAN ZHONGYANG FAQI ZHONGGUO QINGNIAN ZHIYUANZHE XINGDONG

编写　董文华	
责任编辑　　祖航　宋巧玲	
出版发行　吉林出版集团股份有限公司	
印刷　三河市嵩川印刷有限公司	
版次　2010 年 1 月第 1 版	2022 年 1 月第 8 次印刷
开本　710mm×1000mm　1/16	印张　8　字数　69 千
书号　ISBN 978-7-5463-1831-8	定价　29.80 元

社址　吉林省长春市福祉大路 5788 号

电话　0431–81629968

电子邮箱　tuzi8818@126.com

版权所有　翻印必究

如有印装质量问题，请寄本社退换

前　言

　　自1949年10月1日中华人民共和国成立至今,新中国已走过了60年的风雨历程。历史是一面镜子,我们可以从多视角、多侧面对其进行解读。然而有一点是可以肯定的,那就是,半个多世纪以来,在中国共产党的领导下,中国的政治、经济、军事、外交、文化、教育、科技、社会、民生等领域,都发生了深刻的变化,中国人民站起来了,中华民族已屹立于世界民族之林。

　　60年是短暂的,但这60年带给中国的却是极不平凡的。60年的神州大地经历了沧桑巨变。从开国大典到60年国庆盛典,从经济战线上的三大战役到经济总量居世界第三位,从对农业、手工业、资本主义工商业的三大改造到社会主义市场经济体制的基本确立,从宜将剩勇追穷寇到建立了强大的国防军,从废除一切不平等条约到独立自主的和平外交政策,从"双百"方针到体制改革后的文化事业欣欣向荣,从扫除文盲到实施科教兴国战略建设新型国家,从翻身解放到实现小康社会,凡此种种,中国人民在每个领域无不留下发展的足迹,写就不朽的诗篇。

　　60年的时间在历史的长河中可谓沧海一粟。其间究竟发生了些什么,怎样发生的,过程怎样,结果如何,却非人人都清楚知道的。对此,亲身经历者或可鲜活如昨,但对后来者来说却可能只是一个概念,对某段历史的记忆影像或不存在,或是模糊的。基于此,为了让年轻人,特别是青少年永远铭记共和国这段不朽的历史,我们推出了这套《共和国故事》。

《共和国故事》虽为故事,但却与戏说无关,我们不过是想借助通俗、富于感染力的文字记录这段历史。在丛书的谋篇布局上,我们尽量选取各个时代具有代表性或深具普遍意义的若干事件加以叙述,使其能反映共和国发展的全景和脉络。为了使题目的设置不至于因大而空,我们着眼于每一重大历史事件的缘起、过程、结局、时间、地点、人物等,抓住点滴和些许小事,力求通透。

历史是复杂的,事态的发展因素也是多方面的。由于叙述者的视角、文化构成不同,对事件的认知或有不足,但这不会影响我们对整个历史事件的判断和思考,至于它能否清晰地表达出我们编辑这套书的本意,那只能交给读者去评判了。

这套丛书可谓是一部书写红色记忆的读物,它对于了解共和国的历史、中国共产党的英明领导和中国人民的伟大实践都是不可或缺的。同时,这套丛书又是一套普及性读物,既针对重点阅读人群,也适宜在全民中推广。相信它必将在我国开展的全民阅读活动中发挥大的作用,成为装备中小学图书馆、农家书屋、社区书屋、机关及企事业单位职工图书室、连队图书室等的重点选择对象。

编　者
2010 年 1 月

目录

一、作出决定

团中央进行社会调研/002

团中央作出重大决定/008

团中央阐释志愿者行动/011

二、开展活动

建立第一支志愿者队伍/016

实施"一助一"服务计划/019

成立社区服务站基地/022

开展成人预备期活动/025

实施志愿者接力扶贫项目/029

大学生自愿到山区支教/033

大学生服务西部计划/036

开展卫生下乡志愿者活动/041

开展科技下乡志愿者活动/048

开展文化下乡志愿者活动/050

三、深入发展

发起研究生支教团活动/054

开展保护母亲河行动/058

目录

开展爱护湘江活动/061

志愿者组织保护黑颈鹤/064

志愿者参加抗洪救灾/071

志愿者在汶川抗震救灾/078

消防志愿者开展普法活动/086

志愿者为北京奥运服务/089

走近青年志愿者队伍/093

志愿者面向海外活动/098

四、美好前途

不断加强制度化建设/104

在中央关怀下不断发展/106

志愿者事业走向世界各国/112

大有希望的美好明天/116

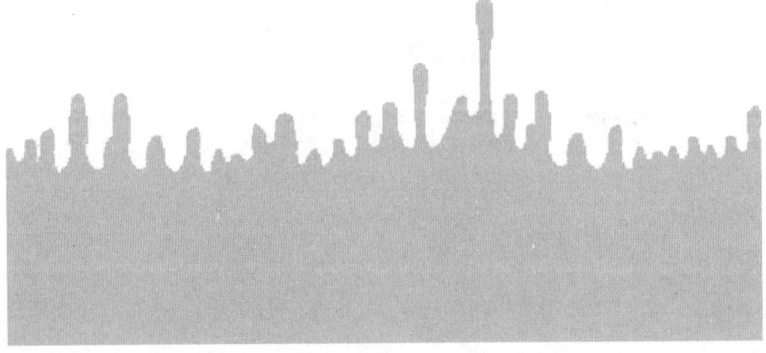

一、作出决定

- 透过阴暗的光线环顾四周,除了一盏熏得黑黑的煤油灯、一张破烂不堪的床,连一个坐的地方都没有。

- 在共青团十三届二中全会上,当李克强代表团中央书记处向大家推出青年志愿者行动时,与会者报以热烈的掌声。

- "青年志愿者"这个温暖人心的名字诞生了。这一担负着社会责任、散发着如火般热情的名字走进广大青年的心中,走进普通百姓的生活。

团中央进行社会调研

1993年年底,团中央的同志到广东省清新县白湾镇视察"希望工程"实施情况,当他们听说有一位城里姑娘自愿来这里当教师,很吃惊,也很感动。

那是1992年,21岁的陈凤霞在广东省较为富裕的新会县政府招待所当服务员,每月工资1000多元,另外还有不少小费收入。

一天,陈凤霞在浏览报纸的时候看到了"希望工程"这个名字,并作了深入的了解。她为贫困地区的孩子因为经济原因而失学的命运感到惋惜,同时也为社会上许多无私救助贫困地区失学孩子重回校园的善举而感动。

于是,陈凤霞按报纸上提供的地址给广东省"希望工程"办公室写信,信中表示愿意捐款资助贫困地区两个孩子读书,请"希望工程"办公室提供一男一女两个需要资助的孩子。

不久,"希望工程"回信向她表示感谢,并提供了有"粤北寒极"之称的清新县白湾镇的两个失学男孩的名字和地址。

虽然没有按陈凤霞的要求提供一男一女两个名字,但她也欣然接受了。

陈凤霞准时将捐助款寄到白湾镇,不久她就收到了两个从来没见过面的受捐助孩子的回信。此后，她不仅按时给孩子们寄钱，也和孩子们之间常有书信往来。

不知不觉一年过去了，陈凤霞很惦记两个孩子和他们的家人，她带了很多衣物、学习用品专程来到了清新县白湾镇。尽管她对当地的贫穷落后已经有一个大致的了解，但当她真正站在那里时仍然感到十分震惊。

她来到资助的一位姓刘的学生家后，发现一家7口人，竟全都挤在一间不到10平方米的低矮石屋里。

透过阴暗的光线环顾四周，除了一盏熏得黑黑的煤油灯、一张破烂不堪的床，连一个坐的地方都没有，陈凤霞和受资助的孩子及他的家人只能站着说话。

吃午饭时，孩子父母给陈凤霞端来一碗玉米粥。她一喝，馊得令人难以下咽，但他们一家却吃得很香。

她把带来的衣物和文具交给孩子，孩子木讷地接了，用呆呆的眼光看着她，连一句感谢的话也不会说。

临走时，孩子的爷爷为了表示感谢，只知道硬塞给她一包生花生和一只鸡，也是一句话也没有。

陈凤霞走出石屋，眼泪禁不住流了下来。

可怕的贫穷，不仅让这里的人们挣扎在饥饿线上，而且贫穷还带来了愚昧甚至文化意义上的迟钝，使他们连"高兴""感谢"这类人类最基本的感情都不知道如何表达了。

路经一个山坡时，陈凤霞遇到一个放牛的小女孩。她就走过去问："你怎么不去上学？"

小女孩说:"没钱上学,家里的钱都先给男崽读书了。"

陈凤霞这才知道为什么她说要资助一男一女两个孩子,而希望工程的办公人员却给她两个男孩的名单,原来这里的女孩很少读书。她还了解到,这里像她一样20来岁的姑娘,大部分都没有上过学。

贫困的现状,对陈凤霞的心灵产生了强烈的刺激。她在脑海中产生了一个想法:"我要留下来,留下来帮助他们,哪怕是教他们一些礼貌知识,让他们知道外面还有一个比这里更美好的世界也好!"

陈凤霞是个做事果断的女孩。第二天,她就找到白湾镇教育办的主任说:"我要留下来,为这里的孩子教书!"

教育办主任听后,眼睛瞪得老大,简直不敢相信自己的耳朵。

陈凤霞详细说了自己为什么要留下来教书的想法和决心,教育办的主任感动了,在场的镇领导和其他同志也感动了……他们终于同意了她的请求。

拿着白湾镇希望小学发给她的聘请书,陈凤霞回到了新会县。她心里想,自己的决定肯定会遭到父母的反对。于是,她没有和父母商量,就向原单位提出了辞职。

1993年9月,陈凤霞的乡村教师生活在清新县白湾镇开始了。

为了照顾这位城里自愿来的姑娘,学校给她的工资是当地民办教师中最高的，每月250元。但她除留下40元做生活费，其余的全都给了交不起学费的学生。

陈凤霞在白湾镇克服了许多城里人想都不敢想的困难，默默地为这里的孩子、为贫困山区的教育奉献着自己的力量。

不久，陈凤霞的事迹被宣传开来。年仅22岁的姑娘放弃高薪又舒适的工作，从富裕的家乡自愿到素有"粤北寒极"之称的清新县白湾镇希望小学当代课教师，这件事在那时产生了极大的反响。全国各地的媒体争相报道，陈凤霞成了"典型"，成了"希望大使"……

在调研过程中，团中央的干部们面对"陈凤霞现象"，他们思考了很多很多：

在由计划经济向市场经济转型的时代，确实出现了"道德滑坡"的现象，有人自私自利，有人损人利己，有人甚至见死不救。但是，社会上更多的人却愿意成人之美、济人之困、排人之忧、救人之危，更不乏能做到毫不利己、专门利人、无私奉献、舍己为人的品德高尚者。像陈凤霞这样不为名、不为利，完全出于自愿到贫困乡村支教，这种行为和精神不仅值得表扬和宣传，更应积极引导，发扬光大。

团中央的干部们又想到：1990年第十一届亚运会举行期间，就有将近20万名青年不图报酬，志愿参加了亚运会义务总队。这支队伍忙于赛场内外，为赛事的管理安排和后勤服务做了大量的工作。

他们记得更清楚的是：1993年9月，在北京举行的第七届全国体育运动会上，为了"当好东道主，开好七运会"，共青团北京市委参照国际惯例，采用"公开报名，自愿参加，无偿服务"的方式，招募和组织了10万人的志愿人员服务团，对"七运会"的成功举行作出了不可磨灭的贡献。

他们还谈到在招募"七运会"志愿人员时，发生的一个个感人的故事：

一位名叫王坚的80岁的老红军来到丰台区报名站，要求参加志愿人员服务团。看着年逾古稀的老人，报名站的接待人员犹豫了："大爷，您的身体……"

老红军笑着答道："小同志，别看我年纪大，可身子硬朗，像维持交通秩序和打扫卫生这样的事，我还是能做好的。"说着老红军拿起笔在志愿表上认真地填上了自己的名字。

在西单报名站，一位四川口音的男子明知自己没有北京户口，不符合参加志愿人员的条件，但他非要报名不可。他一再说，从现在起直到年底自己一直住在北京，完全有时间和精力为开好"七运会"尽些绵薄之力。

在"七运会"期间，有60多位北京市出租车司机报名参加志愿服务。他们遵从志愿的原则，硬是放弃每天数百元的营运收入，除向大会领取实际消耗的汽油钱之外，无偿给大会承担接来送往的服务。

《七运晨报》是"七运会"期间最受欢迎的报纸，

但它的编辑几乎都是志愿人员。他们有的是专职编辑和记者，每天义务采访和写稿，夜里编完报纸后再迎着朝阳回本单位干本职工作。他们中也有一些是大学新闻系的学生，为自己能参加这次志愿活动得到锻炼机会而异常高兴。

....

这一件件、一桩桩志愿为社会作贡献的事例表明：在团中央没有发起青年志愿者行动之前，社会上已有一大批人志愿为他人送温暖，为社会献爱心。

正是他们的善举，启发和坚定了团中央的决策者们在全国开展青年志愿者行动的决心，再加上积淀数千年之久的中华传统美德和开展数十年的大规模的学雷锋活动，为实施青年志愿者行动奠定了深广的社会基础和群众基础。

团中央作出重大决定

1993年12月2日至7日,在北京二十一世纪饭店,共青团十三届二中全会正在隆重举行。

为了做好青年工作,让共青团能发挥更大的作用,来自全国各地的团中央委员怀着崇高的责任感和使命感,共同商讨在由计划经济向市场经济转型的过程中,如何适应我国经济和社会发展的新情况,如何适应青年发展的新需要。

经过充分讨论,会议通过了《在建立社会主义市场经济体制进程中我国青年工作战略发展规划》,作出了开展"青年志愿者行动"的决定。

在共青团十三届二中全会上,当李克强代表团中央书记处向大家推出青年志愿者行动时,与会者报以热烈的掌声。

什么是青年志愿者行动呢?团中央的文件上这样写道:

> 中国青年志愿者行动的宗旨是:通过开展青年志愿服务,推动社会主义精神文明建设,促进社会主义市场经济体制的建立和完善,提高青年整体素质,为经济社会的协调发展和全面进步作出贡献。

开展青年志愿者行动,就是要立足社会需

求，在党政关注、群众急需、青年热心的好事和急事上有所作为。通过青年志愿者的实际行动，在社会上倡导团结友爱、助人为乐、见义勇为、无私奉献的新风和正气，弘扬爱国主义、集体主义和社会主义精神，促进社会风气的进一步好转。同时也使青年在服务社会、帮助他人的过程中树立社会公德意识和责任义务观念，提高自己的思想道德和科学文化素质。

从此，"青年志愿者"这个温暖人心的名字诞生了。这一担负着社会责任、散发着如火般热情的名字走进广大青年的心中，走进普通百姓的生活。只要一提到"青年志愿者"，人们就会把它和高尚联系在一起。

志愿者是指自愿贡献个人时间和精力，在不计物质报酬的前提下，为推动人类发展、社会进步和社会福利事业而提供服务的人员。

联合国秘书长科菲·安南曾说："志愿者的动机一言以蔽之就是奉献——他们奉献自己的时间、精力，奉献自己的技术和才华，更重要的是，他们奉献着人类的智慧。在他们看来，人生成功的意义不在于能得到什么，而在于能给予社会什么。他们坚信，世界会由于他们的努力而有所改变。"

在一份《中国青年志愿者行动研究报告》中，专家学者们有这样一段评价：

中国青年志愿者行动是伴随我国建立社会主义市场经济体制的进程而诞生的。在如此短的时间内，青年志愿者行动即获得广大青年的广泛认同和积极参与，活动本身得以蓬勃发展，与我国经济社会转型时期社会各阶层的需求与当代青年的心理认同密不可分，与活动内容和形式在基层的可操作性及不同社会群体中社会资源的有效整合密不可分，与组织系统有效的运行机制和民间机构的热情支持密不可分，同时也与活动本身所追求的价值观念密不可分。可以说，中国青年志愿者行动是在活动主体、服务对象与社会需求三者间相互影响、相互作用中产生、发展、壮大起来的。它以符合人民群众需要、符合当代青年特点、符合时代发展潮流等诸多特性，而呈现出旺盛的生命力和广阔的发展前景，成为我国社会主义市场经济条件下一项生机勃勃的闪烁着人性光芒的伟大事业。

事实证明，这样的评价是完全正确的。

中国青年志愿者行动是伴随着我国建立社会主义市场经济体制的进程而诞生的。在党中央的亲切关怀下，这项活动发展十分迅速。

团中央阐释志愿者行动

1993年，在共青团十三届二中全会上，当时的团中央书记处第一书记李克强在谈到推出青年志愿者行动的必要性时，一口气列出了社会上十几例见危不扶、见难不救甚至落井下石的事件。

他的话在团中央委员中引起了极大反响，也使大家更加清晰地认识到实施青年志愿者行动的内涵和重大意义。

团中央认为：

第一，青年志愿者行动是建设社会主义精神文明的一种新载体。建设社会主义精神文明，提高人们的道德水准，需要一定的载体和机制来保证这一建设的落实。青年志愿者行动，正是从时代进步的必然性上去落实精神文明建设的新载体。广大青年志愿者所倡导的扶危帮困、扫盲文教、社区服务、抢险救灾等方面既弘扬了"奉献、友爱、互助、进步"的志愿精神，又促进了社会风气的好转和平等和谐人际关系的形成。

第二，青年志愿者行动也是发展社会主义市场经济的内在要求。市场经济必然要有竞争。

竞争作为经济运行手段是铁面无情的，但是，社会应该是有情的。这就意味着越是发展社会主义市场经济，越是需要加强社会保障和社会服务。

服务保障的充分实现既不可能完全依赖政府，也不可能全部通过市场交换方式得到。这就需要有人提供志愿服务。许多发达国家的经验证明，志愿服务是社会保障和社会服务体系中的一支不可忽视的力量。

第三，青年志愿者行动还是培养世纪新人的有效途径。志愿服务活动不仅会使参加者亲身体验到为公共利益奋斗的快乐，在社会赞赏中激发出自己的热忱，培养起高尚的情操，而且还能使他们丰富人生阅历，增长自己的才干和技能，从而更好地发挥自己的优势，实现人生的价值。

作为有组织、大规模的青年志愿者活动，虽然是在我国建立社会主义市场经济体制的过程中诞生的，但是，志愿服务和志愿精神在我国却有着悠久而又深厚的历史和传统。

中华民族历来就有扶贫济困、助人为乐的传统美德。我国古代思想家讲的"老吾老以及人之老，幼吾幼以及人之幼""仁者爱人""己所不欲，勿施于人""勿以善小而不为，勿以恶小而为之"等等，都是倡导人们推己及人，去做善事，去帮助他人。

高扬"奉献、友爱、互助、进步"精神的青年志愿者行动弘扬光大了中华民族的这些传统美德。

志愿精神和志愿者行动不仅与中华传统道德文化有着深广的联系，而且与我国社会主义时期的道德文化也一脉相承。

学雷锋、做好事是社会主义道德的标志性工程，也是几代青年参与公共社会生活的重要行为模式，它有力地促进了几代青年的健康成长和整个社会的进步。

20世纪60年代的雷锋精神实质是：忠于共产主义事业，毫不利己，专门利人，在各种不同的工作岗位上干一行爱一行，把有限的生命投入到无限的为人民服务之中去，在平凡的工作中为社会主义、共产主义的事业而奉献自己的力量。

进入90年代以来，伴随改革开放和社会主义市场经济的发展，作为学习雷锋活动在新时期的继承和创新，青年志愿者行动随即而生，志愿精神正在成为中国特色社会主义文化的重要组成部分。

这不仅因为志愿者行动和学雷锋活动在根源上有许多相通之处，如两者都是在不图物质报酬的前提下为社会作奉献等，而且因为二者的内容有很多共同之处，即都是为别人着想，为社会做好事。青年志愿者行动是在社会主义市场经济条件下对学雷锋活动的创新和发展。

志愿服务所具有的一个最重要特征是自愿性。正是由于这种自愿性，才使志愿者行动的群众基础得到了极大的扩展，为志愿服务走向日常化和社会化开辟了道路。

志愿精神绝不仅仅是一部分人对另一部分人的施舍，它的意义远远超过了其行为本身。它是一种使全人类变得更加和睦、更加美好的崇高事业。

二、开展活动

● 这是中华大地上出现的第一支志愿者队伍,也是"青年志愿者"旗帜第一次飘扬在中国大地上。

● 一个夏季的晚上,青年志愿者刘庆继正发着高烧。忽然,外面下起了瓢泼大雨,他顾不上身体虚弱,骑车直奔双残户高金淇家。

● 成人预备期志愿者活动的主题口号是"迈好成人第一步,先做青年志愿者""帮助他人、完善自己、服务社会、弘扬新风"。

建立第一支志愿者队伍

1993年12月19日，全国铁道团委在团中央和铁道部的支持下，率先组织两万多名青年铁路职工，在北京至深圳的京广铁路沿线开展"铁路青年志愿者迎春运送温暖"活动。

这是中华大地上出现的第一支志愿者队伍，也是"青年志愿者"旗帜第一次飘扬在中国大地上。

在长2000多公里的京广线上，参加营运的列车达33趟，沿途有120多个车站，是全国铁路少数几条乘客特别多、营运公里长的线路之一。

两万多名青年铁路职工分成860多个志愿者小组，在打扫车站卫生、维持车站秩序、为旅客排忧解难、帮助有关部门查堵易燃易爆危险品等方面，热情积极地开展志愿服务。

在北京站大厅巨型屏幕上，"热心献社会，真情暖人心"的青年志愿者口号显得十分耀眼。一个个身穿路服、肩披绶带的志愿者，或扶老携幼，或帮助旅客拎行李，或解答旅客咨询。

在候车室里，志愿者们有的散发安全、文明乘车的宣传小册子，有的提着水壶热情为乘客送开水。许多乘客捧着热茶杯，连声说："好久没见车站送开水了，谢谢,谢谢!"当他们得知这是铁路共青团开展的青年志愿者活动时,又连声说:"志愿者好,志愿者好!"

在列车上,有许多感人的故事。列车员张莹在一次值乘中,遇到一位看上去身体不舒服的老年人买了一盒盒饭,但只吃了一口就满脸痛苦地推到一边。

张莹走上前去一问,才知道老人患有食道癌,盒饭太硬了,难以下咽,他想吃点面条。张莹忙到餐车请师傅做了一碗鸡蛋挂面,端过来细心地喂老人。

突然,老人一阵咳嗽,面条夹着痰液给张莹喷了一脸一身。老人急得不知说什么好,一脸窘相,但张莹却轻轻安慰他说"没关系"。

张莹到乘务员室换了一身衣服,洗干净了脸,又面带笑容地回来端起碗接着喂老人。

老人忍不住了,大滴大滴的泪水滴入碗里……

提到这次青年志愿者行动,当时的全国铁道团委书记许树森说:

> 改革开放以来,国家经济发展较快,客流量也迅速增加,但受财力等多种因素制约,我国铁路运输建设却相对落后。到了"春运"时期,车上挤得满满的,车站仍滞留大批旅客。这给车厢和车站的卫生清扫,为乘客服务等都带来很大困难。这次我们在京广线开展"铁路青年志愿者迎春运送温暖"活动,许多机关干

部和其他线路的青年都放弃休息时间，志愿为乘客服务，很受乘客欢迎，效果很好。

青年志愿者的第一次行动，就受到人们的广泛好评和支持。

铁路系统青年志愿者行动顺利完成以后，各地志愿者行动也如雨后春笋，广泛展开。

一时间，中华大地的"青年志愿者"活动，如冬天里的一把火，由大城市燃至中小城市，由青年而向中老年蔓延。这一团火起初星星点点，继而呈燎原之势，那一片片红艳亮丽的火光，给世界带来了暖人的春意。

实施"一助一"服务计划

1994年3月,团中央下发《关于实施"中国青年志愿者'一助一'长期服务计划"的意见》。

"意见"要求,各地青年组织积极实施"一助一"长期服务计划,使青年志愿者行动走向深入,走向持久,走到广大人民群众的生活当中。

"一助一"长期服务计划是指一支青年志愿者服务队或一名青年志愿者,针对弱势群体,与社区孤寡老人、空巢老人、优抚对象、烈军属、残疾人结对,定期上门开展帮扶工作,或者利用假期的有利时机,让社区贫困学生与大学生结对,进行免费家教服务。

唐山市1976年遭受了一场历史上罕见的大地震浩劫,使4000多名儿童失去双亲成为孤儿,16万人受伤致残。市委针对这一实际,于1994年初向全市青年志愿者发出了"三进千家门"的号召。

号召要求:"一进千家门",了解全市孤残群众困难;"二进千家门",明确具体服务目标;"三进千家门",与残疾人和孤寡老人结成"一助一"对子,实施帮孤助残的"一助一"长期服务。

参加帮扶的志愿者发出承诺:每年为每位帮扶对象提供不少于120小时的志愿服务。

一个夏天的晚上,青年志愿者刘庆继正发着高烧。忽然,外面下起了瓢泼大雨,他顾不上身体虚弱,骑车直奔双残户高金淇家。

路上,刘庆继好几次摔倒在泥泞中,手、胳膊、腿全都磕破了。当他赶到高家时,只见夫妻俩正坐在轮椅上端着脸盆接雨水。

刘庆继没来得及说什么,迅速爬上屋顶,用自己的雨衣盖住了漏水处。由于一时难以找到维修的材料,他又冒雨返回自己家,拿来木板、油毡等,再次爬上屋顶,把漏雨的地方补得滴水不漏。深夜2时,刘庆继才拖着疲惫的身体回家休息。

1997年7月的一个星期天,大雨下个不停。康复村7排1号王胜先给路南区青年志愿者助残服务站打电话,告诉他们自己家里下水道堵塞,急需疏通。

青年志愿者们火速赶赴现场,只用了一个多小时,康复村23户人家的下水道全部被疏通了。

志愿者官勇原是百步亭物业公司保安,现为社区育才国际小学门卫。2005年,官勇得知李奶奶老两口儿居住在百步亭,唯一的女儿远在深圳,老伴身体很不好。

了解李奶奶的情况后,官勇决定与他们结对子,照顾老两口儿的生活。每天,他都会上门看看老人有没有什么需要,知道小区停水,他总会提前帮老人安排好。

2006年8月,李奶奶要去照顾远在深圳待产的女儿,但又放心不下年迈多病的老伴,情急之下,老人想到了官勇。

官勇二话没说,在一个多月的时间里,他不仅照顾老人的日常起居,还定期陪老人到医院做检查,督促老人按时吃药,认真地履行着"儿子"的职责。

志愿者夏玮是社区群众干部,她用自己的青春和活力感染着身边的每一个人,为空巢老人带去欢乐和温馨。天上月儿圆,地上人团圆。中秋节时,她带领文艺志愿者为老人们奉献丰富多彩的文艺节目。

志愿者龚成经是华工大二的学生,住安居苑A区。家庭贫困的他是在社区众多好心人的帮扶下走进大学校园的。为了回报社会,龚成经与社区内家庭经济困难的中小学生结对,利用周末休息和假期时间提供家教服务。

龚成经不仅帮结对的学生复习功课,传授学习方法,还以自己的亲身经历和身边同学的事迹鼓励学生,使其树立正确的人生观,鼓起与命运抗争的勇气。

成立社区服务站基地

1995年4月,在中国青年志愿者协会和北京市达因集团的帮助和支持下,中国青年志愿者海淀服务站正式成立。

这是我国第一个社区青年志愿者服务站。它的成立,标志着社区志愿服务的基地建设正式开始。

1995年初,共青团中央和全国学联开始"社区青年志愿者服务站"创建试点工作。据不完全统计,到2002年年底,全国不同类型的志愿者服务站从最初的1500多个已发展到3万个。北京、上海、长春、成都、青岛、南京等16个城市,主要城区中50%的街道都成立了服务站。

社区服务站的成立,使青年志愿者与服务对象之间的联系更为密切、更加方便,使青年志愿服务有了经常化的办公地点。志愿者们通过服务站的组织管理,将点点关爱奉献给社会。

海淀服务站挂牌成立的第二天,立即向社会公开招募志愿者,报名者十分踊跃。在招募志愿者的那些天,每天都有近百人前来报名。

仅半年多时间,服务站就招募到5000多名志愿者,他们为海淀区170户老科学家、老教育家、老干部提供

"一助一"服务，为一些公益事业和家庭提供临时性和阶段性的志愿服务。

1995年5月，服务站刚建立时，许多老人对青年志愿者能不能长期坚持服务、服务的质量怎样等抱有怀疑态度。

原中科院宣传部副部长谷军老人离休后体弱多病，得知服务站为"三老"提供志愿服务的消息后，他悄悄和老伴一起来服务站观察了两次，还是没有下决心让他们提供服务。

谷军老人的邻居郑秀老人一直由服务站提供服务，两个志愿者每周两次上门服务，别人都以为是老人的亲生儿子，郑秀老人见人就夸志愿者好。

在郑秀老人的影响和说服下，谷军老人一家终于消除了疑虑。当他和老伴第三次来到服务站时，就不再是来观察了，而是主动要求服务站为他们提供生活服务。

谷军老人在临终前送给志愿者的一本书上写道：感谢志愿者。他并没有想到，在他将近一个世纪的人生旅程中，给他最后的也是最珍贵的温暖和关怀的青年志愿者，是一位外地来北京打工的锅炉工。

有一位下肢瘫痪的残疾人一个人住在一座家属楼的3楼。有一天，他在看电视的时候偶然记下了海淀志愿者服务站的电话号码，没想到很快就派上了大用处。那是他心脏病突然发作，在毫无办法之际，他想到了服务站并打了求助电话。

服务站一接到电话，立即借了一辆车赶到他的住所。当志愿者撞开这位残疾人的门时，他已经不省人事了。他们背着昏迷的残疾人从3楼下来。没想到病人平时用于排尿的尿袋突然开了，把背他的志愿者淋得满身都是尿液。

匆忙赶到医院时，医生说，再晚一点，病人的生命就非常非常危险了。这位残疾朋友后来说，假如他没有记下这个电话号码，假如他没有打这个电话，假如打通了没有人去，他发生意外肯定不会有人知道。

后来，这位残疾人也加入了志愿服务队伍，用他在英语和计算机方面的特长，帮助服务站翻译和整理了大量文件，并且和许多志愿人员成了无所不谈的好朋友。

开展成人预备期活动

1996年4月,为了使青年志愿者活动在更深更广的层次上展开,共青团中央在全国推出了"成人预备期志愿者活动"。

这项活动抓住16至18岁中学生向成人公民成长这个非常重要的时期,把成千上万的中学生动员起来,号召他们开展每年不少于48小时的志愿服务。

这是青年志愿者行动与18岁成人仪式教育活动有机结合的成功实践。

成人预备期志愿者活动的主题口号是"迈好成人第一步,先做青年志愿者""帮助他人、完善自己、服务社会、弘扬新风"。

成人预备期志愿者活动的服务主要包括两个方面,一是组织中学生围绕环境保护、城乡建设、重点工程等开展公益性志愿服务;二是组织中学生为孤寡老人开展以生活服务为主的"一助一"志愿服务活动。

"成人预备期志愿者活动"首先在湖南省展开。

1996年3月20日,共青团湖南省委下发《关于开展成人预备期志愿服务活动的通知》,要求在基础好、起步早的长沙、衡阳、湘潭等地市和嵇山中学等10所学校率先实施,作为此项工作全面推进的首次试点。

这项活动要求，各级团组织要把每个月的最后一个双休日作为成人预备期志愿服务活动的集中行动时间，并把志愿服务48小时作为成人预备期青少年参加成人仪式的前提条件。

共青团湘潭市委在发放统一的"一助一志愿服务卡"和《青年志愿者服务手册》的基础上，还专门制作《成人预备期志愿服务登记册》，实行持服务登记册参加成人宣誓仪式的制度。

衡阳创办了成人预备期教育学校，以衡阳青少年宫和湖南第三师范学校为基地，对成人预备期的青少年进行集中专门培训，开设"公民素质教育""国情、市情教育""法制、道德教育"三门课程，统一使用《中国公民手册》和团市委会同有关部门联合编印的教材。

3月27日，共青团湖南省委副书记胡伯俊带领长沙卷烟厂和稔山中学的青年志愿者，冒雨慰问了因抢救国家财产英勇献身的望城县冯石奇勇士的家属，并举行了结对服务仪式。

长沙卷烟厂团委当场将全厂团员青年的募捐款2000元交到了冯石奇父亲的手中。随后，稔山中学团总支书记与冯石奇勇士的双亲签订了"定点服务户"协议书，当场将一块"成人预备期志愿者定点服务户"的牌子挂到了勇士家的墙上。

此后，50名青年志愿者将轮流为其进行日常服务，包括春耕、双抢、秋收等无偿帮工。

同日，共青团衡阳市委组织2000多名中学生参加18岁成人仪式，并走上街头开展义务服务活动。

他们还组织500多名中学生与市区的100名有困难的老年复退军人、伤残复退军人和烈属、见义勇为英模及家庭签订了"一助一"长期服务责任书。

4月初，共青团韶山市委、宁乡县委分别将韶山和花明楼（刘少奇同志故居所在地），定为"十八岁成人仪式基地"和"双休日成人预备期志愿服务基地"，并组织了相应的活动。

自成人预备期志愿服务活动启动以来，共青团河南省委采取以郑州、开封、洛阳三城市为活动源头，继而带动其他重点城市推进的办法，在招募的基础上，组织中学生成人预备期志愿服务队，围绕环境保护、城乡建设、重点工程等开展公益活动，并为社会上特困群众提供生活服务。

每到双休日，省会郑州总是活跃着一批16至18岁的青年志愿者，他们把温暖送到敬老院、干休所、孤寡老人的家中。

1996年4月8日，为了给广大中学生参与志愿服务提供更多的机会和渠道，郑州市青年志愿者协会在服务需求相对集中的华联商厦总服务台、公交公司103路电车紫荆山站、交警支队市委岗、社会福利院四个地点，建立了"郑州市双休日志愿服务基地"，并建立双休日成人预备期志愿服务制度。

洛阳市在市牡丹广场、王城公园、解放路、玻璃厂路、定鼎路等市区繁华地带设立"青年志愿者文明标志区",围绕洛阳牡丹花会,组织适龄中学生,在这里开展各种形式的志愿服务活动。

4月7日,共青团洛阳市委组织500名18岁的中学生,在全国重点水利工程小浪底水库,举行"成长在母亲河畔"18岁成人仪式,并种植成人纪念林。

成人预备期志愿服务,是青年志愿者行动与18岁成人仪式教育活动有机结合的成功实践,把对青少年进行公民意识教育引导到青少年履行公民义务之中,取得了很好的效果。

与此同时,中学生成人预备期志愿服务的地方性立法也在推进之中。北京、上海、湖南、广州及南京等省、市的人大相继通过了专门的决议,为16到18岁的中学生参加成人预备期志愿服务提供了法律保护。

成人预备期志愿服务现已在全国普遍展开,成为新时期中学生素质教育和道德实践教育的有效途径。

实施志愿者接力扶贫项目

1996年11月4日,从北京、上海、江苏、山东等9个省市来的22名青年志愿者,在团中央大楼前留下一张合影后,踏上了前往山西静乐县接力扶贫的征程。

希望工程实施后,在社会各界的关注下,静乐建成了一所又一所希望小学。但是,许多希望小学有了房子却缺乏老师,中小学生辍学率仍然很高。

静乐人生活艰苦,苦了几百年。但是几十年来,静乐人明白了这样一个道理:娃们不能去放羊,娃们要去念书!扑面而来的笑脸,老区人民的热情好客,让这些从北京、上海来的年轻人流下了感动的泪水。

他们也清楚,光凭自己的力量,不可能从根本上改变这里的面貌。但是他们默默地下了一个决心,在这里的一年,绝不松懈,一定要教好班上的孩子。这些来自大城市的青年志愿者来不及安顿好住所,第二天就踏上了讲坛。

在为期300天的志愿服务中,他们直面艰苦的物质生活条件和与世隔绝的单调文化环境,忍受离亲别子、寂寞相思的痛苦,过着与山区普通农民一样的生活,却尽职尽责地完成了各项工作任务。

他们还根据当地实际和自身所能,积极拓展服务内容，做了许多实事、好事。如开展校际"手拉手"、办校广播站、建图书阅览室、集资打水井、竖旗杆、剪果枝、搭蔬菜棚、出义诊、搞推销等，深受当地老百姓的好评。

在静乐，担任教师的志愿者每人每周都承担10节以上的教学课程。教育学硕士王树生，是康家会中学公认的最好的语文教师，所教班级语文成绩名列全县前茅。

王树生采用全方位的教学法，在传授知识的同时，努力提高学生的成才意识，唤起他们改变家乡落后面貌的信心。

在课余时间，王树生积极与外界联系，促使康中与北京的两所中学结成了联谊学校，获赠图书1万多册、文具2万多件、衣物1000多件、人民币6700元。用这些物资、资金，王树生等志愿者建立了学校图书室和镇青年科技图书站，并资助了150名即将失学的特困生。

服务于辛村故宫希望学校的张燕红每周要上22节课，语文、数学一肩挑。这位年仅20岁的青年志愿者还积极筹建少先队组织，主动担任大队辅导员兼中队辅导员。她为故宫希望学校募集衣服1500多件、书籍2500多册、文具盒250个、铅笔4000多支、教学投影机一部、风琴一台、现金2000多元。

杨敏则自己掏钱买了薄膜、化肥，在校园里搭起了蔬菜大棚，教学生科学种菜，还养了100只肉鸡。

为丰富学生的课外生活，张燕红、杨敏、洪哲等志愿者创建了"萤火虫艺术团"和校园广播站，除了在本校演出外，还利用节假日到其他学校演出。

服务于段家寨中学的鲁亚、沈雷等摸索出一套科学有效的教学方法。他们邀请北师大3位教授到静乐县，就教育管理等方面作了3天专题讲座，并开辟第二课堂，建立了文化宣传队和校广播站。

志愿者的到来，使丰润镇中学的初中物理课得以开设。周伟学所带的班，物理成绩名列全县第一，及格率从25%提高到75%。

年龄最大的志愿者陈其一大夫服务于县医院，她离家别子，将全部爱心都倾注给老区人民，倾注给病人，被人称作"真正的白衣天使"。她利用春节的短暂假期，通过上海团市委帮助，为当地联系到了价值10多万元的医药用品。

服务于县燕麦粉厂的韩法军、田锋努力发挥技术优势，帮助燕麦粉厂设计图纸、开发产品、宣传营销等，为燕麦粉厂系列产品的生产和销售开拓了新天地。

扶贫接力计划静乐项目产生了积极的社会效应，取得了明显的成效，赢得了山西省各级党政领导、团中央书记处及国际有关组织的高度评价。

原中共静乐县委书记王炳升说：

> 青年志愿者扶贫接力计划的意义，已经远远超出了其本身的作用。志愿者的到来，不仅使新知识、新技术得以传播，也带来了一种新

观念。对贫困地区来说，青年志愿者是一支充满生气的新生力量，是科学技术和精神文明的传播者。

1996年12月14日，中共山西省委书记胡富国与志愿者进行座谈时，称赞他们为山西的建设与发展无私奉献的精神，并亲笔题词：有志者大有作为。

团中央书记处书记姜大明考察了志愿者的服务情况，并为志愿者们送行。他说：由城市社区到贫困农村，这是志愿者行动的拓展。

联合国开发计划署志愿人员组织项目官员苏前，在考察扶贫接力计划静乐项目开展情况后认为：

在中国实施国际志愿扶贫项目对我们很有启发，志愿者的招募、管理及运行机制都有值得我们借鉴的经验。

大学生自愿到山区支教

孙雅艳，是上海师范大学音乐学院辅导员，中国扶贫接力计划青年志愿者。她多次来到贫困的百色山区扶贫支教，用音符点燃了壮乡孩子们对音乐的渴望。

2001年，当她还是上海师范大学音乐学院大二学生时，就与广西百色结下不解之缘。一次在宿舍楼下看到在百色支教校友发出的帮困助学倡议，她捐赠了爱心物品，并在衣物中放了一封信。

在信中，孙雅艳诚挚地表达了自己想资助一名贫困生的愿望。一段时间后，她惊喜地收到校友的回信，信中还向她推荐了一名壮族女孩。

从那以后，一个又一个素未谋面的贫困生走入孙雅艳的世界。如今，孙雅艳已用自己积累下来的工资、奖金、兼职酬劳，以及5次献血的补助共13万多元，资助了38个学生。

在与孩子们的书信交往中，孙雅艳和孩子们的心越走越近，孩子们也把她当做了亲人。刚开始他们称呼孙雅艳"尊敬的孙老师"，后来是"孙雅艳姐姐"，再后来就都亲切地叫"艳姐"。孩子们获得成绩或遇到痛苦，总会在第一时间告诉她。

在孙雅艳看来，自己只付出了一点点，但山区的孩子却把这当做生命中最宝贵的东西。一个孩子在回信中写道:"虽然我生长在贫困中,但我感到我是最幸福的人,因为我拥有了世界上最珍贵的东西——爱。"

还有一些没有获得她资助的孩子也常常给她写信。有时,孙雅艳也觉得自己能力有限,但他们把爱寄托在她身上,她就必须把这份爱承担起来。

珍藏着这2000多封信,那质朴的文字和一颗颗对自己信任的心,使孙雅艳感到自己是世界上最富有的人。

2004年暑假,在上海师范大学音乐学院留校当辅导员的孙雅艳,带领13名大学生第一次踏上百色这片红色土地,开展"音符串起希望"三下乡活动。

第一场演出在田阳县雷圩初中。操场上站满了衣服破旧却热情欢迎他们到来的孩子,他们急切地询问:"谁是艳姐?谁是艳姐?"相认后,一个受她资助多年的孩子很兴奋地扑倒在她怀里,忽然放声大哭起来。

演出后,孩子们一个个冲到台上,把用山花编成的花环戴到她的头上、脖子上。那一刻,孙雅艳感到自己是世界上最美丽的人。以后,每年暑假她都会带着学生来到广西百色演出。

2007年暑假离开百色时,正好遇到"中国青年志愿者扶贫接力计划"招募志愿者。孙雅艳回到上海,办理了停薪留职、研究生休学手续,再次踏上南下百色的列车。

来到百色,孙雅艳申请到最偏远的田阳县玉凤镇坤平中学做艺术老师。第一堂音乐课上，孩子们竟把音阶"1234567"读成阿拉伯数字"1234567"！经过不懈努力，孩子们终于能把歌声唱整齐了，于是孙雅艳就着手筹建校园合唱团。

2007年12月28日，坤平中学举行元旦文艺晚会，所有的学生、家长和村民都早早地到操场来观看演出。看着台上一个个脸泛红晕的孩子，听着天籁般的童音在山谷中回荡，孙雅艳流泪了。那一刻，她想这应该是一生中最值得做的事。

支教志愿者几乎都有家访经历，孙雅艳利用周末进行家访，走遍玉凤镇的10个村子30多个屯，家访学生200多名，下一步她打算把家访扩大到其他乡镇。

有些地方不通车，必须步行两三个小时的山路；有时家访回来，天已全黑，还要蹚过溪流，摸黑走夜路。

在家访过程中，孙雅艳会把学生的基本状况记在本子上，然后整理成册，通过电视、博客、社会组织等方式寻找资助人。看到他们的消息，很多热心人寄来大量物资，有的表示希望资助孩子。

孙雅艳这样说："这次的支教期很短，但以后我还会尽力去做，在扶贫接力的这条路上，我要不断地走下去，因为我找到了自己存在的价值，因为我被山里的孩子召唤着……"

大学生服务西部计划

2006年12月23日,胡锦涛总书记就实施大学生志愿服务西部计划作出重要指示:

高校毕业生是国家宝贵的人才资源。实施大学生志愿服务西部计划,有利于开辟高校毕业生健康成长的新途径,有利于推动西部地区的经济社会发展。各级党委、政府和有关部门一定要从全局和战略的高度重视这项工作,总结成功经验,完善政策措施,健全工作机制,引导和鼓励更多的高校毕业生到西部、到基层、到祖国最需要的地方去,磨炼意志,增长才干,为实现全面建设小康社会的宏伟目标贡献自己的智慧和力量。

2005年7月,毕业于北京大学法律专业的李显辉在北京市国枫律师事务所谋到了一份收入颇丰的工作。当他得知团中央、教育部等四部委组织实施"大学生志愿服务西部计划"时,已是报名的最后一天了。

"当时来不及思考过多,就把名报上了。"事隔一年之后,在谈起为何来西藏的原因时,已经是拉萨市检察院一名公诉员的他这样对记者说道。李显辉把贫困的家境、诱人的职业统统放置身后，只身来到了西藏。

据了解，从2003年开始，团中央和西藏自治区党委已经先后安排了三批共346名大学生志愿者。这些志愿者主要来自北京、上海、四川、云南、青海各高校，分布在西藏除阿里以外的地市和西藏自治区有关厅局从事志愿服务工作。来自福建闽北农村的李显辉是众多志愿者中的一名。

2006年6月底，在这片神秘的雪域高原之上，记者走近了这些志愿者们，虽然没有听到他们荡气回肠的豪言壮语，但仍然能感受到他们充满激情的青春气息。

"开始来的时候，每天都流鼻血，还时常伴有头晕、胸闷，晚上难以入睡等高原反应。"谈起刚入藏时的感受，李显辉说，"但这还并不是最主要的，主要的还是来自生活和工作上的语言障碍。随着工作接触多了，现在也都熟悉了，每次下乡办案有不少藏族同事还主动为我做起了翻译……"

2005年10月，李显辉接手拉萨市公安局移送的一起故意伤害致死案。经反复审查卷宗，他认为犯罪嫌疑人何某的行为应属正当防卫，遂将该案退回公安机关补充侦查。经检察院检查委员会集体讨论后，同意了他对犯罪嫌疑人的定性，作出了不起诉的决定。

这既避免了冤假错案的发生，又树立了检察机关秉公办案的形象。李显辉也因此在自治区检察院受到了一致好评。在这一年的时间里,他一共独立承办案件 8 起,出庭支持公诉 9 次,占当期公诉处办案总数的 12%。

来自北京青年政治学院的志愿者路浩卫已经打算长期留藏工作了。"在这里工作有意义,生活很充实。"在采访中,路浩卫告诉记者。

刚到西藏两个月,路浩卫就被抽调到堆龙德庆县"谋跨越、奔小康"主题教育活动工作组。在活动中,他走遍了全乡 7 个行政村,为每一户农牧民制订出了详细的发展计划。"我们都认识了他。"一些经常和他联系的牧民群众介绍说。

毕业于四川农业大学园林系的志愿者田竹,由于专业对口,被分配到了拉萨市贡嘎县建设局城建处工作。

该县建设局局长郭勇每次谈起这个四川女孩都赞不绝口:"她思维活跃,常常有一些突破常规的想法;她年轻,有活力,做起事来像一阵风,能够带动藏族同事们提高工作效率。由于专业对口,她的工作能力很快就体现出来了,成长很快。我们能看到她身上性格坚强、工作扎实的优秀品质。"

郭勇还说:"和所有刚参加工作的年轻人一样,她的理论很丰富,但工作时有急躁情绪,实践上还需要不断地磨炼。"

"成长是不知不觉的。不一定非要 100 分就说明你工作到位了,很多志愿者的进步都是循序渐进的。"该县的一位基层干部对记者说。

"蹩脚的藏语，辅以肢体语言，与当地藏族同胞们也能开心地交谈。"来自中国地质大学的志愿者卢经仕笑着对记者说，"工作之余，我一个人经常到离驻地较近的牧民家闲谈。在暖烘烘的帐篷里，给他们讲外面的世界。闲谈中，我也了解到，他们的孩子不愿意上学，而是喜欢骑马放羊、放牦牛。"

"到了秋冬季节，干燥的寒风吹裂了嘴唇，藏族老乡们看到了，就送我酥油，并做着打酥油的动作，叫我拿回去喝……"谈起牧民，卢经仕就像是在描述自己的亲人，脸上洋溢着幸福。

在西藏地质勘探局地质队服务的卢经仕是个天生的"乐天派"。在工作中，不管遇到什么困难，他都能保持乐观的心态。

卢经仕说："从矿区到县城，路途遥远。下山要走两个多小时，然后再坐两个小时的车才能到县城。我们一般都是一个月到县城购一次物。也有的同事走路走怕了，两个多月才下一次山。""业余爱好我们也有。空闲的时候，我就背起吉他与大伙一起弹唱，有时候我们也会拿起一个空塑料瓶当足球在场地上踢起来……"

西藏团区委副书记李海峰告诉记者："条件再苦，也阻挡不了这些年轻人的创业激情。今年7月，服务期满的110名志愿者中有近50名志愿者主动提出留藏工作，同时，今年我们又将迎来131名志愿者。"

李海峰深情地对记者说：

　　正是这些年轻人，帮助了西藏基层单位开展起了因人手不够，想开展而无力开展起来的一些工作，帮助解决了一些技术上的难题，更为基层单位提供了新的工作模式和工作信息，增添了生机和活力。他们为西藏的经济社会发展出了力，帮了忙，作出了积极的贡献。

开展卫生下乡志愿者活动

1996年12月,中央宣传部、国家科委、农业部、文化部等十部委联合下发了《关于开展文化科技卫生"三下乡"活动的通知》,并从1997年开始正式实施。

"三下乡"这是志愿者活动的重要内容之一,是为了促进农村文化建设,改善农村社会风气,密切党群、干群关系,深入贯彻党的十四届六中全会精神,大力推进农村精神文明建设,满足广大农民的精神文化生活需求。

"三下乡"内涵丰富:文化下乡包括图书、报刊下乡,送戏下乡,电影、电视下乡,开展群众性文化活动;科技下乡包括科技人员下乡,科技信息下乡,开展科普活动;卫生下乡包括医务人员下乡,扶持乡村卫生组织,培训农村卫生人员,参与和推动当地合作医疗事业发展。

一批批青年扶贫志愿者出发了,一支支文化、科技、卫生青年志愿服务者下乡了。他们中有年轻的科技专家、医疗专家、文艺演员、教育专家、经济学专家……

他们把农业科技知识带到了贫困县,他们把欢乐和歌声送到了儿童福利院。

他们举办文艺演出、经济形势报告,开展医疗义诊、农业科技咨询,捐建希望小学,捐赠各类药品物品。

他们与人民共同奋斗,与祖国一同前行,用奉献书写亮丽的青春。

早在1994年9月，青年志愿者行动启动不久，中国大中学生志愿服务总队在北京成立，数百名大中学生志愿者代表曾面对志愿者旗帜郑重宣誓：

奉献我们火热的心，伸出我们温暖的手：

我们将深入城镇区街、居民院所，进行广泛的社区服务，把爱心献给我们的社区，让生活更美好。

我们将奔赴山乡村寨，开展支教扫盲服务，为失学的儿童带去学习知识的希望，为一亿四千万文盲带来识字的喜悦，为提高整个民族的文化素质竭诚努力。

我们将走向广大的农村，开展科技扶贫、义务医疗服务，给农民以先进实用的科学技术，给病患者减轻疾病带来的痛苦，为帮助农民脱贫致富奔小康贡献力量。

滚烫的话语，坚定的誓言，表达了大中学生深入基层、奉献社会的决心。

从那以后，每年都有近百万名大中专学生利用暑假深入农村、街道、厂矿等基层地区，开展形式多样的文化、科技、卫生"三下乡"活动。

1997年，中宣部、教育部、共青团中央和全国学联共同发动、组织，使以"受教育、长才干、作贡献"为宗旨的大中专学生志愿者暑假"三下乡"活动掀起高潮，长盛不衰。

"三下乡"活动已经成为具有广泛社会影响力和覆盖面的名牌公益性社会实践活动，成为新时期传播先进文化，促进农村物质文明、政治文明和精神文明发展的重要力量，成为高等院校参与社会实践，培育社会主义新人的有效途径。

1994年8月，白求恩医科大学的青年志愿者暑期医疗队来到了吉林双阳县。消息一传出，村民们潮水般地涌来，他们平生还是第一次遇到这么多城里来的医生为他们免费治病。

医疗队没来之前，这里的医疗条件极为恶劣，几乎找不到一个像样点的医生。

志愿者医疗队到双阳县的第二天，一位青年农民就匆匆赶来，请志愿者去看看他那得了"膀胱癌"的老岳父。老人自从听了本村水平低的大夫的诊断后，心灰意冷，情绪消沉，了无生趣，好几次自己换上了寿衣，躺在床上，不吃不喝，说要等死。

志愿者们经过仔细诊断，确认老人得的是尿路感染和上行性肾炎。老人本来还是一脸死灰，闻言大喜，竟一下子从床上跳下来，抓住志愿者的手，喜极而泣："谢谢你们，我本来是不想再活了，是你们又给了我活下去的希望。"

对于志愿者医疗队的每一个成员，第一次看诊的情景都是终生难忘的。

早上刚过 8 时，许多人就围在了诊所的外面。这些生来习惯了"小病挺着，大病等着死"的农民，是无论如何也不会放弃让城里来的医生给自己瞧病的机会的。

李危石，临床医学系的研究生，白求恩医大青年志愿者协会秘书长。开诊后，他接待了第一个病人，一位耄耋老人。听诊时，他突然感到手背有点异样，抬头一看，是老人的泪水滴到自己拿听诊器的手上。

"大爷，您是不是哪儿特别不舒服？"李危石问。

"不是，不是。"老人连连摇头，"我活了这么大岁数，这还是第一次有医生给我看病。我这心里……有点酸。"

李危石的心里一阵刺痛，一股苦涩与酸楚冲击着他的心。他低下头，努力克制着情绪的不安与激动，专心致志地为老人诊断。他将结果告诉老人，给老人开了处方单，老人领了药，高高兴兴地走了。

因为就诊者中无一人有既往病历，所以，听诊、问诊、诊断、处方，再加上为每个病人建立新的病历档案，这一整套工作程序是相当复杂且烦琐的。每个志愿者都认认真真地投入，神情庄重，一派肃穆。

病人越来越多了。志愿者们眼睛花了，嗓子哑了，有人竟连拿听诊器的手都抬不起来了，但是他们全都咬牙坚持着。

在医院实习时，他们都曾跟着教授去查房。那时，心里战战兢兢的，生怕前面的教授会随时提出一个刁钻的问题，而他们抓耳挠腮，绞尽脑汁，怎么也说不出那问题的正确答案。于是，教授的目光就会剑一般从他们的脸上划过。他们感到无地自容，为自己的无知而羞愧。回到宿舍，重新忆及教授提的问题，他们真恨不得打自己几个嘴巴，因为那问题实在很好回答。

此时，在这些淳朴的村民面前，他们不再是教授眼里不长进的学生，他们也不再诚惶诚恐。在村民眼里，他们无一例外都是城里来的医生，代表着当时医学的最高标准，他们现在成了真正的权威。

在村民们崇敬、信服的目光中，在一种巨大的成就感和自豪感中，所有的志愿者都深深地陶醉了。那实在是一种无与伦比的感觉。

就是这种感觉与志愿者"帮助他人，奉献爱心"的信念，一起支持着他们，使他们战胜了身体的极度疲劳，依然专注如一地为村民们看病。

这一天，从早晨到晚上，志愿者共看了100多个病号。晚饭没吃完，见诊所门口又站了一堆病号，大家没有发牢骚，丢下饭碗，又拿起了听诊器……

与巨大的自豪感相伴而来的，往往是更为巨大的责任感。这一点，李危石深有体会。

设诊后的第二天，一个青年农民前来就诊。他的腿几天前被马踢伤，毫无医疗常识的他只是拿块破布，一包了事。谁知,伤口很快就溃烂、化脓,部分皮肉坏死。

李危石和两个同伴仔细检查了伤口,立刻意识到情况的严重,因为伤口随时都有发生大面积感染的可能,如果那样,伤者的整条腿就会不保。唯一的办法是开刀做切除术,割掉坏死的皮肉,清洁创口,阻止伤情进一步恶化,再辅之以药物,才可最终使伤口痊愈。

可真正动手术刀,在李危石他们还是第一次。在学校里,在课堂上,他们只是向老鼠和兔子动过刀。现在,面对那紫黑带脓的人的皮肉,他们的手哆嗦了。如果术后情况不好怎么办?责任谁来承担?他们心里直打鼓。

但伤者痛苦的表情和努力压抑着的呻吟,彻底打消了他们的疑虑。"为病人解除痛苦是我们医者的责任!"他们豁出去了。

他们将伤者抬到简易手术台上,果敢地举起了手术刀。他们小心翼翼,他们全神贯注……手术结束了,李危石和两个助手都有一种摇摇欲坠的晕眩感。也难怪,这可是他们平生第一次大手术啊!

志愿者离开村里的那天,在众多恋恋不舍的送别者中,那位腿部伤口已然痊愈的青年农民挤上前来,将两个大西瓜递到李危石他们面前。李危石笑了,同伴们也笑了。那是发自内心、最欣慰的笑……

白求恩医科大学志愿者协会会长高继成深有感触地说:"这次活动对每个人都是一次锻炼。因为在为村民提供医疗服务的同时,我们的技能和业务知识也得到了长足的提高……"

医疗队普查组的牟风华，是一个外表文弱的女生，去下面的村子进行医疗状况考察时，正发着高烧。同伴们劝她留下休息，她坚决不肯，硬是徒步考察了5个村子，行程数十公里。

事后，牟风华说，这次经历使她的体力和意志力都经受了一次最大限度的考验，在以后的学习和工作中，不管遇到什么样的困难和挫折，她都可以无惧无畏地坦然面对。

1994年8月下旬，时任共青团中央书记处第一书记的李克强在双阳考察白求恩医科大学青年志愿者活动后，挥笔题词：

> 社会需要志愿者行动，市场经济需要志愿者服务，愿同学们将志愿服务的新风吹向农村山乡，村村户户！

开展科技下乡志愿者活动

1999年的11月20日和11月21日，由国务院扶贫开发领导小组、国家科技部、农业部、湖北省政府和中央电视台联合主办的"1999·科技下乡"活动主体部分，将在湖北省黄冈市罗田县三里畈镇举行。

"1999·科技下乡"活动完善了中宣部关于"三下乡"部署的宣传，并使"三下乡"活动齐头并进。

10月底，专家巡回小分队由全国各地的知名农业技术专家组成。专家巡回小分队开展了巡回庄稼医院、巡回科技课堂、科技需求调查等活动，专家们辗转广西、河北、安徽、河南、湖北等五省六县的十几个村庄，深入田间地头，直接为农户服务。

11月20日、21日的"科技大集"，总面积约有4万平方米，400多个标准展位，参展企业200多家，参加活动的专家达500多人。据统计，在为期两天的"科技大集"上，进入现场人数近20万人次，共达成合作项目55项，达成意向和正在洽谈的项目多达110多项。

1999年11月20日上午，中央电视台一套进行了长达130分钟的现场直播。

大集开展期间，湖北、河南、安徽、江西四省交界地区和湖北黄冈11个县市区的近20万当地农民来到了现场，不少当地农民深夜翻山越岭赶来参加大集活动。来自全国各地的500多名著名专家、学者，在大集进行了两天的现场咨询服务。

黄冈市人民政府认为，两天"科技大集"的举办，在广大农民中掀起了一股学科学、用科学、靠科技致富的热潮。同时，对黄冈地区经济的发展起到了很大的推动作用。

参展企业更是获得了一次了解农民和农村市场需要的机会。北京宝贝集团在两天时间内就分发了6万份的材料和4万多袋种子，还与当地达成15项合作意向。不少展位被热情的农民围得水泄不通，很多企业的种子种苗销售一空，数万份农技资料很快告罄。

在为期两天的"科技大集"上，农业部参展团组织的2.5万册图书全部卖光，小型水稻收割机等农机样品也全部售出，并有十几台在现场被预订。科技部展台的访问人数达3万多人，发放资料3万多份，达成协议几十项。

55个合作项目在大集现场签约，另有110多个达成初步意向。农业部路明副部长亲自签约的5个项目，资金总额达1840万元，黄冈市发布的500多个招商项目有五分之一找到了合作单位。农业部、科技部、湖北省政府及黄冈市的参展团普遍反映，用这种方式送科技下乡，对农民有吸引力，既帮助农民开了眼界、长了知识，又给农民带来了信息、科技、希望和信心。

开展文化下乡志愿者活动

为了响应中央提出的开展文化、科技、卫生"三下乡"活动的号召,河南省各市县积极行动起来,深入农村开展"三下乡"活动。鹤壁市于2000年2月5日,由市委常委、市委宣传部部长刘素显,副市长曹章贵带领,市科委、市科协、市卫生局、市地震办、市司法局、市新华书店、市林业局、市农机局、市文化局、市广播局组成了文化、科技、卫生"三下乡"服务队。

书画家义写春联,市豫剧团为农民演出,市图书馆自编农村致富信息千余册送给农民。由市群艺馆组织的"文化下乡艺术团",演职员150余人,演出节目30多个。

许昌市文化局组织的文化下乡工作队,由局领导带队,有150余名文艺工作者参加,分赴鄢陵县柏梁镇、襄城县汾陈乡、禹州市梁北镇、长葛市南席镇、许昌县尚集乡,开展"戏曲、图书、书画"下乡活动。其规模超过往年,送图书1.5万册,义写、义画春联千余幅,有5万余农民观看了演出。

商丘市由市委、市政府和文化、科技、卫生等部门领导参加的"三下乡"领导小组,每年制订下乡计划,分工负责,抓好落实,并将其作为年终考核的重要内容。

下乡的次数、规模和质量逐年提高。1997年,下乡还不足百场;2000年,全市下乡共7500余场。下乡的方式和内容不断充实、提高。由组织文艺团体下乡为主变为文艺下乡与培养队伍、建立阵地并举。2000年帮助乡村建立文化室317间,培训农村文艺骨干250多名,使他们成为"不走的农村文化活动队伍"。

南阳市变"文化下乡"为"常"下乡、"广"下乡,确定责任目标,把任务分解量化,确定各单位的责任人,制定文化下乡的目标任务,年终进行考评,并拨专款用于文化下乡活动。

为解决文化下乡的经费,南阳市所属各县普遍采取文企联姻,使文化下乡成为"有源之水"。文化部门编排节目,有关单位出宣传经费,农民无偿看节目。这种办法,互惠互利,一举两得。

1999年3月初,灵宝市文化局在西阎乡举办1999年文化下乡首场集中演出活动。河南省文化下乡艺术团郁玉岐、芦兰春等20余人与当地演员同台演出,吸引了秦、晋、豫三省八县数万人前来观看。

罗山县文化局组织了十多个民间文艺表演团体,如皮影、地灯、花挑等,开展巡回演出活动,共演出14场,观众达6万多人。

舞阳县文化馆以馆办的职业艺术学校的40多名师生组成文化下乡艺术团,主动与县农行、县信用联社、县公疗医院等单位联合,利用春节及农闲,把农民喜闻乐见的相声、小品、歌舞等节目送到农村，下乡演出120余场，观众达6万多人。

2000年春节期间，焦作市在全市农村开展"千人秧歌舞"和"千人太极拳"比赛活动，举办"万册图书送百村"活动。

"双千"活动突破了原来的电影、戏曲、图书"三下乡"范围，变"三下乡"为"多下乡"，增加了教育下乡和体育下乡，丰富了农民文明健康的文化体育生活。

三、深入发展

- 为了充分发挥高校人才优势,进一步提高支教扶贫的服务水平,共青团中央和教育部在1999年联合发起了研究生支教团活动。

- 1998年夏天入汛以来,在武汉250公里的堤防上,有16万人与洪水进行英勇搏斗,其相持时间之长,防守之艰苦,为历史少有。

- 志愿者为大型赛会提供优质高效的服务,已成为大型活动中一道亮丽的风景。

发起研究生支教团活动

为了充分发挥高校人才优势，进一步提高支教扶贫的服务水平，共青团中央和教育部在 1999 年联合发起了研究生支教团活动。

这项活动每年在全国部分重点高校招募一定数量的具备保送研究生资格、具备一定扶贫支教能力的应届本科毕业生，以志愿服务的方式到中西部贫困地区中小学，开展为期一年的支教工作。

支教团从第一届时 22 所学校 101 人参加，发展到第十届时 78 所学校 619 人参加。有近百所高校的数千名志愿者，到中西部国家级贫困县的中小学开展支教志愿服务。

"学生的积极性非常高，在院系选拔阶段的竞争便已经非常激烈。"大连理工大学团委社会实践与志愿者工作部部长张涛介绍说，在综合素质的考试中，经常会出现一两分便能决定一个学生能否被推荐的局面。

"学生对支教团的工作非常认同，同时又非常理智，这对我们来说，是一件难能可贵的事情。"张涛说。

在北京交通大学经济管理学院担任辅导员的潘金，在 2005 年时，曾经以一名志愿者的身份，到内蒙古科尔沁右翼中旗的一所学校支教一年时间。当问到他当初去支教的原因时，潘金觉得这是件"很自然"的事情。

"交大学生会的主席每年都会报名的，这是传统。"当时身为学生会主席的潘金说，在这件事上，大家都会很自然地选择报名参加。"我的上届、我的下届、下下届，都报名参加了这项活动，我们不想断了这么好的'传统'。"

刚刚参加支教的时候，潘金情绪很激动。"那时充满热情，抱着要改变当地教育状况和观念的想法，甚至把自己的想法有些神圣化，迫不及待要展开工作。"而等深入之后，潘金发现自己当初的想法有些不切实际。

事实上，那段时间，潘金的心理上是有"落差"的。"我们去时饱含热情，但当地的情况并不像我们想象中那样，我们在那儿就是普通一员，甚至一开始，学校还对我们持有一些怀疑的态度，那段时间其实是挺难熬的。"他说。

然而经过了一年的支教，现在的潘金对于支教的意义有了更深的理解。"对于教学来说，这将是一个长期的过程，我们一年的支教活动并不能从根本上给当地的教育带来什么变化，但更重要的意义是，我们带过去了一些新鲜的观念，我们的到来直接就能对当地的孩子产生这样的影响：这是外面的世界过来的。这种启发的意义更大一些。"潘金说。

华中科技大学教育学院副院长别敦荣说："就知识本身来讲，这些研究生支教团的学生并不太可能给学生传授一些特别高深的知识，但他们却能让人感受到一种文化的力量，这是一般人很难做到的。"

别敦荣认为，在一般的偏远山区，老师们的学历大多是本专科层次的，然而，研究生支教团成员大多都是研究生，或已经获得研究生资格，相对于知识的传授，这方面的意义可能更大一些。"他们的到来本身，便给那些学生带来了更大希望，激起他们更多的梦想。"

研究生支教团的行为在启迪着山里的孩子的同时，也在启迪着山外面高校里的师生们。

张涛坦言，研究生支教团对学校的志愿者工作促进特别大。他说："每次支教回来后，我都会安排他们给青年志愿者协会会员作报告，取得了非常好的效果。这些学生很多生长在大城市，并不了解西部的情况，通过支教团这样一个桥梁，让西部的孩子了解到外面的世界的同时，也让高校中的学生们了解西部地区的贫困，这对他们来说，也是一种很好的教育。"

大连理工大学的支教地区是青海省化隆县，这里海拔达到了2840米，而大连可能刚刚高过海平面，这样巨大的海拔落差对于习惯了平原气候的支教团成员的身体是很大的考验。在第九届支教团，一些学生腹泻长达一两个月，但所有的学生都坚持下来了。

与气候的不适应相比，寂寞才是困扰每一个支教团成员最大的难题。"得耐得住寂寞。"潘金说。志愿者一般都很孤单，因为他们远离生活多年的文化，很多沟通上的问题就都出现了。

支教开始后的很长一段时间，潘金最怕的便是过周末了。"周末学生们都回家了，周围也没有住宿的老师，而我所在的学校又处在风口附近，北风一直在吹，那种寂寞是很难想象的。"

然而，困难并没有难倒支教团的学生们，相反，在寂寞的日子里相互帮忙的经历，让同学之间产生了真挚的感情。"有的学生因此走到了一起，我曾参加过一些这样的学生的婚礼，'相识于大连理工，相恋于青海湖畔'的婚礼词让那场婚礼显得与众不同。"张涛说。

这样"孤独"的支教生活教会了学生们很多东西。"到那儿之后才发现，我们真的要学会珍惜。"潘金说。那里的艰苦条件并不是他原来能想象出来的，但即便如此，很多学生还是在很乐观地拼搏，他们很多早上5时就起床学习，但受条件所限，他们注定是考不出去的，但他们还是很刻苦，这让潘金很感动。"在我们教育他们的同时，他们也在教育我们。"

开展保护母亲河行动

1999年初,团中央、全国绿化委员会、全国人大环境与资源委员会、全国政协人口资源委员会、水利部、农业部、国家环保总局、国家林业局等单位共同发起了一项"保护母亲河行动"。

保护母亲河行动以保护哺育中华民族和一方人民的母亲河,即黄河、长江及其他主要江河为主题,广泛动员广大青少年和社会公众,从力所能及的身边小事做起,在日常生活中节约资源、防治污染、美化环境,并通过简便易行的方式,在大大小小的母亲河流域植树种草、保持水土,在全社会倡导生态文明意识和可持续发展意识,为母亲河更好地造福中华民族作贡献。

保护母亲河行动以保护和改善生态环境为宗旨,教育青少年,感召全社会,为保护孕育人类文明的母亲河作贡献。

保护母亲河活动开展以来,各级团组织大力弘扬人与自然和谐相处的生态文明理念,不断深化保护母亲河行动的内容和形式,组织动员广大青少年积极参与生态环保实践活动,取得了良好的生态效应、经济效应和社会效应,为生态环保工作注入了新鲜的活力。

据悉,保护母亲河开展以来,山西省各级团组织累计宣传动员全省青少年近1000万人次参与，形成了人人关心环保、人人投身环保的良好社会氛围。

积极实施重点工程项目的建设工作，先后在全省29个县或区实施保护母亲河青年林工程15.2万亩，动员全省百万名青年义务植树500余万株，使各项绿色工程成为宣传环保理念、展现工程建设、开拓共青团事业的环保教育基地。

积极组织青少年环保社团参与生态实践，为他们拓展全国性的交流平台，有效扩大山西共青团组织在环保活动中的影响，取得了良好社会效应。

大力选树环保典型，涌现出郭七保、余晓兰、曹春亮等在环保事业上作出突出贡献的优秀青年和先进集体，在全社会形成了人人关心环保、人人参与植树护绿的良好风气。

2009年3月9日，是全国第八个保护母亲河日，同时也是"保护母亲河行动"实施十周年。为了进一步广泛组织动员全省青少年和社会公众积极参与生态环境保护实践，增强生态环保理念，广泛开展生态体验活动，为生态文明建设作贡献，山西团省委以"保护母亲河——绿色山西、青年当先"为主题在全省广大青少年中开展了宣传实践活动，掀起了2009年保护母亲河行动的春季热潮。

在五一广场、太原火车站和汾河公园，保护母亲河领导小组、团省委志工部、中石油山西分公司、中国移

动山西分公司、太原铁路分局团委和省城高校大学生等近300名青年志愿者,向行人讲解环保常识,发放保护母亲河宣传画、环保书签及可再生购物袋。

省城各大高校、中学和小学也分别在校园内外开展了环保宣誓、环保宣传和清理垃圾等形式多样的环保教育实践活动,中石油山西分公司在加油站也向来往的车辆进行环保宣传。

开展爱护湘江活动

2008年12月6日,由湖南潇湘晨报发起的"为母亲河洗脸"大型公益活动,在湘江风光带风帆广场举行。300多位热爱美好生活的人聚在一起,为了这份美好而共同努力。

虽然清走的垃圾有限,但已播下爱护湘江的种子。活动后,一名小学生在日记中向湘江道歉:

对不起,以前的我们错了,从现在起,我们要用爱守护你!

我们愿意做湘江的忠诚卫士……我们愿意充当环保先锋。

湘江之滨,300多名志愿者面对湘江庄严宣誓。湖南著名主持人蒋宏杰、潇湘晨报执行总编辑龚晓跃一同参与活动。

当日,来自湖南常益高速公路开发有限公司的盛全昌一家人来到湘江边,特意来为母亲河"洗脸"。"爸爸,手套太大了。"活动还没开始,6岁的小志愿者戴起手套跃跃欲试。

10时,300多名志愿者聚集在风帆广场,准备出发。

在活动举办的前一天，69岁的苏希生老人就来过风帆广场"踩点"，以免找不到地方。次日9时左右，他就早早到了现场。

志愿者蒋宁宁发言说：

我们都是喝湘江水长大的，我们应该怀着一颗感恩的心，去关心、去爱护我们的母亲河，河床上太脏了，我们应该给母亲河洗洗脸了。

在蒋宏杰的领读下，志愿者们面对湘江庄严宣誓：

拒绝污染，我们愿做湘江的忠诚卫士！清除污染，我们愿充当环保先锋！愿母亲河美丽永驻，清澈常在。

数百人虔诚的誓言，在江边久久回荡。随后，在"为母亲河洗脸"的大型背景板上，志愿者们纷纷签名，以示保护湘江之决心。

在启动仪式后，志愿者们兵分三路，一路在风帆广场附近，一路开往杜甫江阁，一路向橘子洲头进发。

启动仪式还吸引了许多路过的市民，一部分市民也加入到这一活动中来。

"是该清理一下垃圾了。"晨练的徐大爷领了手套和袋子，转身就去江边忙活起来。路过的李女士提醒4岁的女儿:"你也不要乱扔垃圾啊。"河床上卖甘蔗的老板也主动保证:"走的时候一定会将垃圾带走。"

12时,志愿者们将垃圾搬到路边,一共有300多袋。

志愿者们说,河床上绝大部分是生活垃圾,像破衣服、鞋子、饭盒等。这当中,最令他们担忧的是白色污染,"那些塑料制品遍布河床,有的已经埋在土下,只露出一点点,这些东西根本不会腐烂,只会越积越多"。

开福区、天心区的环卫工人在得知本次活动后,非常热心地帮忙运走垃圾。开始他们带来了保洁车,但到了现场后他们发现保洁车太小了,至少需要两辆大卡车才能将垃圾运走。

"看看我们都做了些什么。"一位老人看到从湘江边上捡来这么多垃圾,非常感慨。

"下次有这样的活动别忘了叫我。"在走之前,苏希生老人特别交代。

他和许多志愿者都说,希望每年都有这样的公益行动,"虽然靠这点人不可能把湘江边的垃圾清理完,但可以向长沙市民传递一个信息:大家应该爱护湘江了"。

志愿者组织保护黑颈鹤

从1988年昭通大山包发现黑颈鹤开始，这一世界珍稀、濒危的生灵面临着怎样的生存挑战？闯入贫瘠荒凉的大山包后，又是如何摆脱人鸟争地、人鸟争食的困境呢？昭通黑颈鹤保护志愿者协会的志愿者们究竟为它们做了些什么？预言在2000年就灭亡的黑颈鹤为何又会成倍增长？记者从默默奉献的护鹤使者中拾零，揭开一幕幕人鹤和谐共存的动人事迹。

在昭通大山包，人们一提到黑颈鹤，就不会忘记昭通黑颈鹤保护志愿者协会的许多人。

王昭荣以真挚的爱描写黑颈鹤，歌咏黑颈鹤，抒写它们与大山包融为一体的典雅诗篇。孙德辉自从将镜头对准黑颈鹤的那刻起，他的心就再没离开过。为了黑颈鹤，他不知多少回潸然泪下。他说："也许，那是不可抗拒的召唤，我们没有别的选择。"

2007年4月6日，"杜邦杯环境新闻人物排行榜"活动在北京落下帷幕，中国昭通黑颈鹤保护志愿者协会主席、云南昭通市昭阳区人民政府办公室副主任王昭荣，10年来利用业余时间从事黑颈鹤保护工作达到6000多小时的护鹤使者，与全国其他9位一道荣膺"中国十大环境新闻人物"。

获此荣誉仅仅是王昭荣 10 年生活的一个小小缩影。王昭荣不但是中国青年志愿者协会理事、中国鸟类学会鹤类及水鸟专业委员会成员，还在 2005 年度被共青团中央授予"中国青年志愿服务金奖奖章"，2006 年度被昭通市委、市政府授予首届"昭通十大优秀青年"，2007 年被亚太环境保护协会等机构评为"第二届中华当代环保名流口碑金榜"上榜人等。

在王昭荣诸多荣誉的背后，离不开他爱鹤、写鹤和护鹤的辛劳付出。王昭荣是 1994 年与鹤结下不解之缘的。当时在昭阳区靖安乡任教的王昭荣因与在大山包工作的少女李朝美相爱，在爱情的驱动下，每年假期，他都迫不及待地去大山包。

大山包广阔无边的沼泽地旁，哪里有黑颈鹤，哪里就有他和爱人相依相亲的身影。热恋中的王昭荣爱上了这群美丽的精灵。他认为，黑颈鹤对爱情的忠贞不渝是自己心灵的写照。

1997 年，王昭荣被调到大山包任乡长助理后，有了更多的时间与鹤群朝夕共处。他爱鹤就像爱恋人一样，抒写有关黑颈鹤的爱情诗、散文诗成了他的业余功课。

1998 年元旦，一次偶然的机会，他结识了多年来自发考察、保护黑颈鹤的生态摄影家孙德辉，王昭荣才真正了解到这些美丽动物的稀有与珍贵。

1998 年 3 月，大山包有只黑颈鹤因为吃了拌有农药的土豆中毒死亡了。孙德辉赶到现场后非常痛心，为了这样的惨剧不再发生，他将自己多年的摄影作品制作成宣传展板，一个人扛着展板来到了大山包办展览。

他希望在村民中广泛宣传，告诉他们不要把沼泽地的泥炭挖了当柴烧，见到黑颈鹤不要惊吓它们，要留给它们更多的自然空间。

出于共同的爱好，孙德辉、王昭荣在1998年12月4日，在大山包发现黑颈鹤10周年的纪念日当天，他们创建了中国第一个保护黑颈鹤的民间环保组织——昭通黑颈鹤保护志愿者协会，由孙德辉担任第一任协会主席，王昭荣任协会秘书长。

从此被友人称为"红尘诗人"的王昭荣由"写鹤"变为"护鹤"，他将自己浓烈的情感融入真切的自然之中。

"环保和文学是我生命的两只翅膀，因为有了它，我才能像黑颈鹤那样翱翔天空。"王昭荣没想到，协会成立当初只有几十人，如今壮大到了近400人，许多北京、上海、四川、新疆等地的志愿者都慕名前来加入。每年入冬时分，昭通黑颈鹤保护志愿者协会的会员，都要在大山包等候黑颈鹤的到来。他们一是迎接黑颈鹤，二是为黑颈鹤投放食物。高寒荒凉的大山包，冬天食物紧缺，黑颈鹤常跑到地里偷食。

大山包周围的村民原本就生活困难，虽然他们没有伤害黑颈鹤，但"人鸟争地""人鸟争食"现象无可回避。当地政府为此出台了不少扶持政策，作为民间组织的昭通黑颈鹤保护志愿者协会，同样为此起到了重要作用。

为缓解"人鸟争食"的矛盾，确保黑颈鹤安全越冬，协会的重要工作之一就是为黑颈鹤投食。

每年1、2月份，大山包的地面被白雪覆盖，黑颈鹤难以找到食物，这时迫切需要人工投放。在经费相当困难的情况下，他们自筹资金购买了1000公斤玉米、500公斤土豆和1000公斤萝卜交给护鹤员，由他们定时投放在黑颈鹤的越冬沼泽地。

自协会成立以来，王昭荣积极争取国际爱护动物基金会、全球绿色资助基金、英国环境发展基金等国际环保组织对滇东北黑颈鹤保护工作的援助及支持，组织志愿者在黑颈鹤越冬栖息地，共投放了3万多公斤食物。

王昭荣十分注重宣传教育工作，他先后策划组织并主持"大型广场环保宣传活动第二十个云南爱鸟周""鸟是人类永远的朋友"等数十个环保公益演出和"黑颈鹤回来了"大型广场义演活动。他还开展诸多"环保走进校园"系列活动，在昭通教育学院、昭通师范、昭通财贸学校、昭通市昭阳区二中，数十次作环保宣传，以演讲的形式呼吁"保护野生动物，维护生态平衡"。

2002年12月至2003年2月，在协会与绿色浙江环保组织的共同发起下，17家浙江传媒及高校环保组织在杭州开展了声势浩大的"救助黑颈鹤"行动。由此，保护黑颈鹤成为一个全国性的环保行动。

10多年来,王昭荣主编会刊《黑颈鹤》、文艺副刊《绿色风》及云南爱鸟周特刊共38期,编发了各类作品90多万字,图片800余张,著有并正式出版了30万字的环保类文学作品《用爱定做的天堂》,并创建了黑颈鹤保护网。

"作为一名保护世界珍稀、濒危物种黑颈鹤的志愿者,我将一如既往地带领黑颈鹤保护志愿者们,脚踏实地、身体力行、勇往直前,我相信这份荣耀不是以往成就的结束,而是新征程的开始。"王昭荣感言。

孙德辉和王昭荣一样,也深深地爱着黑颈鹤。

"也许,那是不可抗拒的召唤,我没有别的选择。"孙德辉说,同黑颈鹤的不解之缘,连他自己也无法表达。

1990年年初,爱摄影的孙德辉经常步入大山包拍摄风光照片,第一次听到黑颈鹤的鸣叫声时,他为这一"来历不明"的动物所震撼,当地村民告诉他那是"雁鹅"。

孙德辉对黑颈鹤的一见钟情并不只是停留在镜头上,揭开这一鲜为人知鸟类的神秘面纱,成了他业余时间的主要任务。黑颈鹤到底从哪里来,它们是如何迁徙,数量有多少,所有疑问都等待孙德辉去深入调查。

白天他用望远镜观察黑颈鹤的生活习性,晚上又冒着严寒去了解它们的夜宿状况。孙德辉几乎走遍了大山包黑颈鹤栖息地所有村庄。

在半年的时间里,孙德辉不仅确定了当年大山包黑颈鹤的始见日、终见日和越冬日数，还摸索出了一种"孙氏数鹤法"，精确统计出当年在大山包越冬的黑颈鹤数目为550只。

孙德辉考察得知，黑颈鹤是俄国博物学家普尔杰瓦斯基1870年在我国青海湖发现的，是唯一一种生活在海拔2000米到5000米的高原鹤类。

全世界鹤类共有15种，黑颈鹤是国际鹤类基金会最后得知的鹤类，被《濒危野生动植物种国际贸易公约》定为急需挽救的珍稀物种。在我国，夏天它们在青藏高原繁殖，冬天在云贵高原过冬。

1994年，孙德辉先后在昭通11个县市考察鹤类分布的状况和数量，确认了其中4个县市的8个黑颈鹤栖息地，野生种群总数达到1025只。全世界总共约7000只，昭通市的黑颈鹤约占全世界种群总数的五分之一。

为探索黑颈鹤的迁徙途径，1996年，孙德辉踏上了艰难的考察之路。在走完5000多公里行程之后，他终于从地面调查到了一条黑颈鹤的迁徙路线：大山包的黑颈鹤从金阳、美姑、越西、甘洛、石棉沿大渡河北上，经康定、丹巴、马尔康、阿坝到达若尔盖，之后一部分飞往甘肃南部，一部分飞往青海东南部，一部分则留守在松潘草地。

5000多公里行程艰难险阻，让孙德辉收获很多。他发现黑颈鹤迁徙的途中，不时会遭遇村民的偷猎行为，特别是黑颈鹤夜宿越西、甘洛一带的沼泽地，当地一些村民还将黑颈鹤的翅膀挂在家里当装饰。

孙德辉深切感受到，真正保护黑颈鹤，如果仅仅建立几个保护区是远远不够的，在黑颈鹤的迁徙路线上也应该采取相应的保护措施。

2005年5月，孙德辉第二次来到新疆阿尔金山无人区考察黑颈鹤的繁殖状况，观察到黑颈鹤在依协克帕提的蛋、巢和亲鸟的占地行为等。

孙德辉边考察边拍照，掌握了翔实的第一手材料，观察到很多没被人发现的黑颈鹤的生活习性，并形成了上万字的调查报告。他把报告送到美国国际鹤类基金会，基金会主席阿其波给他回了信，并派出国际基金会的专家到滇东北考察黑颈鹤。

孙德辉现场生动的报告深深吸引了考察团的专家，他从地理、气候、生境和食物、保护措施等方面，全面介绍了大山包黑颈鹤的越冬情况。专家们为之倾倒，竟然没有一人提出疑问。孙德辉为此收到了基金会寄来的专门用于投食黑颈鹤的专款。

10多年与鹤的不解情缘，孙德辉私下里给朋友说："我太爱黑颈鹤了，已将这美丽的精灵融入自己的灵魂之中。"

志愿者参加抗洪救灾

1994年和1998年,长江、嫩江、松花江流域先后发生了特大洪涝灾害。灾情就是命令,灾情呼唤着青年志愿者,广大青年志愿者积极投身气壮山河的抗洪斗争中,谱写了一曲曲抗洪壮歌。

在几次大的洪涝灾害中,上千万名青年志愿者在沧海横流中表现出奋不顾身、舍生忘死的英雄气概,为保护国家和人民生命财产发挥了突击队的作用。

1994年6月,广西、广东、河南、江西等省区发生了严重的洪涝灾害。这些地方的团组织立即打出青年志愿者的旗帜,通过招募等方式,组织青年志愿者迅速投入抢险救灾之中。

洪灾到来时,广西受灾严重的柳州市,短短两天之内就招募青年志愿者2000多人。广西全区共组建青年志愿者突击队2000多支,10万多青年志愿者投入到抗洪救灾工作中,抢救危险地段1000多处,抢运物资近千吨,帮助疏散受灾群众1万多人。仅柳州市青年志愿者就解救3000多名群众,抢救物资价值上千万元。

同年7月中旬,吉林省长岭县遭受了百年不遇的特大暴雨的袭击,一昼夜降雨量就达到206毫米。在受灾最严重的牧场村,98家农户中有76户的房屋被彻底冲毁了。

为了解救受灾的父老乡亲，吉林省青年志愿者协会实施了声势浩大的"温暖工程"。2万多名青年志愿者经过66个昼夜的苦战，平整土方7.5万立方米，搬运土方10万立方米，新建房屋60栋，新修公路5200米，植树8500棵，捐款38万元。

同年汛期，广东湛江严重受灾。抗洪救灾中，270多支青年突击队冲锋在前，1.3万多人直接参与抗洪抢险，救出受困群众3000多人。

湛江市青年企业家蔡源不顾个人安危，连续奋战在第一线，并腾出自己企业的办公室、厂房安置受灾群众3000多人。

韶关市供电局青年志愿者冒雨维修高压电缆，架设线路，及时保证了全市的供电。

化州县林尘镇山角村青年志愿者颜逸，为了保护村民的生命财产，在抢险斗争中，终因疲劳过度而被洪水冲走，光荣牺牲。

在湖南省株洲市受灾最重的南阳桥乡南岸村，600多户农民被水围困，无家可归，只得暂避船上。由于洪水来得太急太猛，村民们连口粮都未来得及携带。

正当一筹莫展时，共青团株洲市委的青年志愿者送来价值5000元的大米，解了灾民的燃眉之急。100多支青年志愿者突击队分为医疗分队、维护交通秩序分队、抢险急救分队、后勤分队、宣传分队等，奔走在抗洪抢险的第一线。

几天之内，他们共抢运物资价值 1000 多万元，疏散群众 3000 多人。当地的电台每隔一段时间就重播一次青年志愿者指挥部的电话，有谁需要救援，拨一个电话，青年志愿者就会飞速赶到。

福建省也是这次受灾的重灾区，仅三明市，两个月内就 3 次遭到洪水袭击，50 万亩粮食作物受淹，4500 多家工矿企业停产，全市 154 个乡镇 1507 个行政村，有 190 万人受灾，直接经济损失 71.9 亿元。

以翠江镇团委书记为首的青年志愿者突击队，在洪流中用木排一趟又一趟地忙着转移受困群众和抢运仓库财产。当 4 个仓库的财产和 12 名群众全部脱险时，这位团委书记以及其他 10 余名突击队员的亲人还浸在水中，家中财产被淹没。

在受灾地区，青年志愿者的无私奉献像一道道坚固的堤坝，挡住了滔滔的洪水；像一支强心剂，使受灾地区人民鼓起信心和勇气，实现生产自救，重建家园。

1994 年 6 月 21 日，团中央向广西、广东、湖南、江西、福建、浙江等省级团组织发出传真电报，号召受灾地区的各级团组织和广大团员青年，迅速行动起来，站在抗洪救灾斗争的第一线，充分发挥突击队作用和先锋模范作用，做到哪里有困难，哪里就有团组织，哪里有险情，哪里就有青年志愿者。

在抗洪抢险的危急关头，青年志愿者们全力投入艰苦的抗洪救灾、重建家园斗争中，浪尖上飘扬着鲜红的青年志愿者的旗帜。

1998年夏天，长江流域洪水泛滥。入汛以来，在武汉250公里的堤防上，有16万人与洪水进行英勇搏斗，其相持时间之长，防守之艰苦，为历史少有。

在抗洪斗争进入决战阶段的关键时刻，武汉团市委、市青年志愿者协会决定招募青年志愿者，给日夜坚守在防汛抗洪第一线的人员和灾区群众提供医疗、理发、缝补衣裳等多种服务。

青年的心是滚烫的。在志愿报名者中，有市政府工作人员、大中专学生、医生、教师、下岗职工和外地来的务工者，一些途经武汉的游客也纷纷打来电话要求加入，并出现了夫妻双双报名、父母为子女报名、同学结伴报名、单位团委集体报名的感人景象。

一位名叫张明果的同学，当年被保送到北京大学。他临时有事外出，听到招募消息后，特意打电话回家让母亲替他报了个名。

福建打工妹沈丛莉为了一心一意当好抗洪青年志愿者，竟把工作辞了。

武汉大学一次就送来了81个志愿者的名单，有人甚至给当时的团市委书记黄楚平直接打寻呼机，申请加入志愿者队伍。

青年志愿者很快成为武汉抗洪斗争中的一支生力军。8月13日中午，青年志愿服务者总队接到市民政局求援电话，急需 20 名志愿者前去帮助装卸防汛救灾物资。工作人员马上从上午招募的志愿者中挑选出 20 名小伙子。

因交通不便，得到电话通知的志愿者们，有的骑着摩托、有的打的士，还有的坐三轮车，在一个小时内全部赶到预定地点，及时将 1000 多箱物资转送完毕。

8 月 16 日是个星期天，58 名志愿者放弃休息，乘车前往武汉江夏区范湖乡，为安排在此的受灾群众和护堤的军民服务。他们在南岸小学操场上摆开了医疗服务点、理发服务点、电器及农机修理服务点等等。这一天，他们共服务 800 多人次。

1998 年 7 月，长江汛情频频告急，灾情迅速扩大。面对入夏以来的严峻形势，共青团安徽省委把防汛抗洪作为全省共青团压倒一切的中心工作来抓，动员组织广大团员青年紧急行动起来，全力以赴地投入防洪抗洪保卫战。

全省迅速成立了 200 多个青年志愿者突击队，开赴防汛第一线，同广大干部、武警官兵并肩作战，固堤排险，转移人员和物资。

青年志愿者们勇于承担急难险重的任务，用自己的青春、智慧和汗水保卫长江大堤和人民群众生命财产的安全。

7 月 29 日，正在安徽沿江检查工作的时任中共中央政治局委员、国务院副总理、国家防汛总指挥的温家宝在安徽省有关领导的陪同下，深入安庆市夹厢圩抗洪抢险第一线，亲切慰问了正在抗洪抢险的青年志愿者突击队员。

温家宝代表江泽民总书记、朱镕基总理，向青年志愿者突击队员和奋战在抗洪第一线的安徽人民表示亲切慰问，对安徽的防汛抗洪工作给予了充分的肯定。

温家宝勉励大家再接再厉，以更加高昂的斗志迎战长江大洪水，严防死守，水涨堤高，人在堤在，确保长江大堤万无一失。

这极大地鼓舞了青年志愿者突击队员，他们表示一定不辜负领导的希望，誓与洪魔决战到底，用生命和汗水保卫自己的家园。

在湖南，青年志愿者也在不停地与洪魔斗争，始终奋战在抗洪救灾前线。

7月30日上午，26岁的下岗职工丁静来到湖南有线电视台，他找到值班编辑说："我是下岗工人，看到灾区人民生活在水深火热之中，我很着急，却没钱可捐，但我有力气，我想到抗洪救灾一线去，请你们帮我想办法。"

当晚，时任湖南省省长的杨正午在看了电视新闻后，当即打电话给共青团湖南省委书记刘莲玉："要把这一批青年的热血和激情充分调动起来，投入抗洪救灾斗争。丁静和他的伙伴可以组成小分队，就由他当队长。"

23时，由团省委、团省直工委、团长沙市委机关干部和丁静及他的两个伙伴组成的青年志愿者突击队，连夜奔赴长沙开福区双湖垸捞刀河大堤抢险。

就是这天,湖南省成立了"省会青年志愿者抗洪救灾服务总队",刘莲玉任总队指挥长,面向社会公开招募青年志愿者。团省委两次发出《关于动员全省团员青年投身抗洪救灾的紧急通知》,要求各级团组织迅速组建青年志愿者突击队、抢险队、服务队。

招募办公室电话铃声不断,各界青年纷纷请缨,要求到抗洪战场一显身手。短短几天时间里,就有600多人报名加入志愿者行列。

刚参加完高考的19岁女生伍晓月来了;下岗工人李浩波来了,他5次请战,言辞切切,"只要灾区人民需要,叫我干什么都行";回长沙办理婚事的南海舰队某部军官刘翔来了,8月7日,团长沙市委在大堤上为他和妻子举行了一个特别的婚礼:面对滔滔江水,一束鲜花加上志愿者们真诚的祝福。

志愿者在汶川抗震救灾

2008年5月13日,团中央青年志愿者工作部与中国青年志愿者协会秘书处联合发布《关于迅速动员组织广大青年志愿者投入抗震救灾工作的通知》。

"通知"中指出:

5月12日下午,四川省阿坝自治州汶川县发生7.8级特别重大地震灾害,给灾区广大人民群众生命和财产造成重大损失。为响应党中央、国务院的号召,按照团中央书记处的统一部署,充分发挥志愿服务在抗震救灾中的积极作用,动员广大青年以及社会公众投入抗震救灾工作,现就有关事宜通知如下:

一、高度重视,迅速动员

灾情就是命令,时间就是生命。一方有难,八方支援。各级团组织、志愿者组织要按照党中央、国务院关于抗震救灾工作的总体部署和要求,在党委、政府的统一领导下,迅速行动起来,动员和组织广大青年以及社会公众以志愿服务形式投身抗震救灾工作。

二、认真准备，扎实服务

四川等受灾地区的团组织、志愿者组织要在当地党政的统一领导下，迅速建立抗震救灾志愿服务工作协调联络机制；要广泛动员青年志愿者开展自救互救、医疗卫生、后勤保障等志愿服务。有西部计划、研究生支教团志愿者服务的受灾地区，要迅速准确地了解上报志愿者的安全情况，对有需要的志愿者及时提供救助。

…………

通知一发出，全国各地立即行动起来。

德国的《新德意志报》这样说："北京和上海的步行街上到处都是身穿红白色T恤衫的年轻人，手举国旗和标语，拿着捐款箱。他们团结一心，不是因为国家下了命令，而是他们想帮忙，想为国家承担责任。"

白色的帐篷里挂着醒目的团徽，几个工作人员忙碌地处理着各种信息，电话铃声不时响起。

"不亲眼看到，你想象不出志愿者报名的那种场面。"德阳市委副书记王超说，5月12日地震当天下午，德阳市的各大医院开始接收伤员，志愿者协会就开始派出以前登记的志愿者参加服务。

第二天，志愿者指挥中心成立，通过电台、短信发布志愿者招募信息。这时指挥中心设在市委大院的帐篷里，与市里其他部门的帐篷办公室联合办公，但是志愿者一下子来得太多了，把市委大院门里门外挤得水泄不通。

汶川发生大地震后，出现了很多感人的故事。

5月12日得知汶川发生大地震后，唐山农民宋志永独自踏上抗灾之路。在抗击南方雪灾中，宋志永等13名农民自发奔赴湖南郴州抗灾，"13个人感动13亿人"。

宋志永当晚从唐山打车到北京，飞机票买不到，就坐火车到郑州，又花1600元租车赶到西安，再转车到绵阳。听说北川灾情最重，他又搭乘一辆摩的，14日早晨赶到北川县城，成为最早进入北川的志愿者之一。

这名35岁的农民，在唐山大地震时才3岁。母亲告诉他，地震发生后，是上海的医疗队在他高烧不退时挽救了他的生命，还治好了母亲身上的毒疮。

5月15日，唐山市委副书记甄贵福带了15个人增援。在北川灾后最关键的3天里，他们救出25名幸存者，挖出遇难者遗体60多具。17日最高峰时，宋志永的小分队达到69人，他们来自唐山的各个区县。

唐山市的抢险救援队、医疗救护队、心理治疗队也陆续赶来。唐山市已有20多支救援小分队400余人赶赴灾区。

三宝，是位憨厚的藏族青年，中石油四川销售公司岷江销售分公司聚源加油站经理。5月12日14时28分，突如其来的山摇地动，加油站的围墙倒了，罩棚裂了，发电房塌了……他来不及多想，一面向加油工大喊："地震了，快撤！"一面按照自然灾害应急预案的要求，迅速关闭了所有的闸阀。

聚源加油站紧邻都江堰市聚源镇，那天，有两名加油工和他在岗位上值班。看着远处轰然倒塌的民房，听着四周此起彼伏的呼救声，三宝决定：先让两名加油工探寻亲人，自己守护在加油站上。

噩耗传来，三宝的未婚妻、姑妈、表姐都在震中遇难。他强忍悲痛，昼夜坚守在油品保供的"生命通道"上。

作为志愿者队伍里的突击队，"钢七连"吹响了"不抛弃，不放弃"的号角。四川司法警官职业学院的教师杨胜5月13日刚献完血就加入志愿服务队伍，他是"钢七连"的连长。

"钢七连"主要承担物资搬运、伤员转移工作，火车站、货场、公路边、什邡、绵竹，只要需要志愿者，这支队伍里的成员就立即出发。干得最苦的时候，他们连续工作了22个小时，累得实在搬不动了，躺在地上休息一会儿再起来接着干。

因为都是志愿者，在"钢七连"，人数最多的时候有100多人，最少的时候也有三四十人。有来自新疆的郭峰，有来自山西大同的刘冬，有来自湖南的杨志宏，德阳市的工人上完夜班就来参加……

"钢七连"不仅有苦干精神，还有铁的纪律，成员必须服从命令，有任务随时待命。"六一"节那天，因为有搬运任务，本来想去灾区看望儿童的刘冬坐不住了。他拿出500元捐给志愿者协会，说是给灾区的孩子买礼物。刘冬是自费来参加服务的，他说："不这样做心里不安。"

在成都高新区的一个救灾物资转运站里，一支训练有素的"老兵志愿者突击队"24小时待命，随时装卸全国支援汶川地震灾区的物资。而在这支老兵队伍里，有两名并没有参过军的大学生。

这两位是一对维吾尔族亲兄弟。哥哥叫苏莱满·克里木，是西北民族大学的学生；弟弟叫苏鲁旦·克里木，是新疆警官高等专科学校的学生。地震发生时，哥俩正在乌鲁木齐的家里，准备着各自的毕业论文。带着母亲给的家里仅有的3000元现金，5月21日，这对维吾尔族亲兄弟赶到成都。

在志愿者报名现场，工作人员告诉他们，现在灾区的搜救队伍都是专业化的，他俩不适合进入一线。

"当时我们一下子就蒙了，我们就是冲着一线来的。"苏鲁旦告诉记者。兄弟俩被分配到设在双流机场的救灾物资转运站，他们的任务是搬运救灾物资。

尽管如此，兄弟俩在转运站干得仍然卖力。每当有一批救灾物资准备装车时，他们总是冲在前面，装完车，检查好每根固定物资的绳索后，笑着目送汽车向灾区驶去。

一天到晚，兄弟俩的衣服总是被汗水浸得湿漉漉的。

在这里,他们结识了来自西南民族大学的许多志愿者。

"他们有蒙古族、朝鲜族、藏族、彝族、羌族等,看到我们那么多民族的同胞志愿走到一起,这一刻我们都是四川人,能给受灾的同胞搬运物资,我从心底感受到了'一方有难,八方支援'的意义。"苏莱满说。

5月24日上午,兄弟二人接受安排,坐着一辆志愿者接送车,来到了设在成都高新区保税物流公司的救灾物资转运站,继续从事搬运工作。

正是在这里,兄弟二人遇到了"老兵志愿者突击队",以实际行动通过了这些退伍兵的考核,被接纳为正式队员。

"队长告诉我们,后勤补给是前方部队作战的根本保障,没有我们搞后勤,前方打不了胜仗。"苏莱满说,"这几天我和弟弟慢慢想明白了,不是冲到一线才算志愿服务。我们坚守住平凡的搬运岗位,就是为灾区做出了不平凡的事情。"

5月28日,由16名志愿者组成的吉林省首批青年医疗卫生抗震救灾服务队凯旋。

"不像出征时那样唧唧喳喳、爱开玩笑了。几天下来,大家像受到了一次深度洗礼,队员们都长大了。"领队洪庆感慨地说。16名志愿队员,是吉林省委从上千名报名者中层层筛选出来的,多为"80后"。"困难远大于预料,收获远超出预想。"志愿者、长春市聪慧心理服务中心心理医生邸娜说。

21日中午时分,志愿队接到指令:改变原计划行程,穿越地震断裂带,奔赴重灾区北川县桂溪乡。得知消息,邸娜犹豫了,想到患有冠心病的妈妈,想到自己没有防疫知识,缺乏自保能力,她希望留在绵阳为受灾群众进行心理危机干预。

目送队友们集结出发,只身留守的邸娜心乱如麻。没想到,半个小时后,不放心她安危的队友们又回来了。队长洪庆掏出纸笔,为邸娜草拟个人安全保证书。没等写完,邸娜一个箭步冲上前,把它撕得粉碎。

"每落一笔,都像戳在我心上;每落一笔,我都感觉自己离队伍越来越远!"邸娜说,"其实,重新看到队友们的那一刻起,我就已经下定决心:无论前方等待着我的是什么,我都要和大家一起并肩走。"

这最后的决定,被邸娜喻为她"27年人生岁月中最伟大的坚持"。"从掉队到归队,我感觉自己有一个比较大的成长,那就是遇到恐惧,不能逃避,大胆面对,迎头而上,这样才能战胜它。"邸娜说。

5月22日,志愿服务队抵达桂溪乡中学安营扎寨,因为已有3天没洗漱,部分队员开始用矿泉水洗脸刷牙,甚至打井水擦身。见此情形,队长洪庆马上召集大家开会,严明用水纪律。

"几名队员当即作了自我检讨。此后,尽管白天几十里山路爬得一身汗,晚上宿营又被露水打得浑身精湿,队员们都尽量节约用水,还把矿泉水省下来送给灾区群众。"洪庆说。

深入抗震救灾一线的头两天,志愿者受到的视觉冲击特别大,部分队员带着相机和DV,不停地照相、拍摄。晚上,队里临时党支部召开民主生活会,当面指出问题,一名队员还进行了自我批评。此后,再没有人热衷拍照了。

16名志愿者来自不同单位,分属不同年龄段,临时组成一个集体,用洪庆的话说:"每个人首先要学会自律,才能形成一个富有战斗力的拳头。"

消防志愿者开展普法活动

自"中国消防志愿者普法行动"启动仪式在北京语言大学礼堂内隆重举行以来,北京市海淀区各大学校、消防重点单位等单位团体涌现出一派积极参与消防志愿者报名的景象。

在北京海淀,有许多身穿红色标志服,胸佩海淀消防志愿者显著标志的志愿者,穿梭在大街小巷开展消防安全宣传。

一名大学生消防志愿者这样说道:"作为一名光荣的消防志愿者,我承诺自愿参加消防公益事业和宣传消防活动。这点服务算不了什么,我还要发动身边的所有同学参与到消防安全宣传活动中。"

北京语言大学有"小联合国"之称,消防志愿者启动仪式还没结束,学校师生就行动起来,讨论如何开展消防知识宣传。许多外国学生也积极参与进来,他们拿着消防知识宣传单,用并不熟练的汉语不停地说着:"你好,请您注意消防安全,多学习一点消防安全知识,加强新《消防法》的学习,共建美好家园……"学校先后组织开展了消防志愿者运动会、消防宣传一周展等活动。

北京农业大学为进一步提高师生的防火意识与逃生自救能力,专门与辖区的海淀消防支队联合举行了学生宿舍消防安全应急疏散演练。演练中,消防志愿者们与消防官兵全力配合,将被困人员一一救出,并现场发放消防宣传材料,演示灭火器的正确使用方法。

北京林业大学隆重举行了"全国防灾减灾志愿服务周"主题活动。启动仪式上,消防志愿者现场学习自救逃生技能,反复学习掌握消防官兵演示的结绳法,一遍遍亲手体会,一遍遍牢记口诀。

北京交通大学专门开展了一次有近5000名师生参加的大型灭火救援疏散演练,通过演练使广大师生亲身体验火场逃生,更好地掌握消防安全知识。

超市、大型购物商场在北京随处可见,为切实做好消防安全工作,企业领导重视、员工积极参与,每一个分店都成立了消防志愿者服务大队,在分店内负责开展消防知识宣传、火灾隐患排查、应急疏散指导、日常防火巡查、消防设施维护保养等工作。

北京摄影器材城结合自身实际,将消防安全常识塑封在照片背后,并举行了"为消防工作奉献一点力量"摄影比赛,并免费冲洗了大批消防志愿者服务内容的宣传照片。

为做好国庆60周年期间的保卫任务,羊坊店地区消防志愿者服务队定期在辖区内组织开展消防安全知识培训活动,同时,积极与消防部门取得联系,成立联合检查组排查消防安全隐患。

海淀公园充分依托公共安全馆的有利条件,先后组

织开展消防安全常识培训、安全生产月消防知识咨询日等活动。

"建筑工地如何预防切割焊接等高温操作时的消防安全工作""油锅发生火灾后怎么办""学校上课时发生火灾,怎样逃生最快、最安全""小区如果发生火灾,我们应该按照什么程序进行处理",每次宣传活动中,当一盘盘新《消防法》光盘、一页页消防宣传材料发放到人们手中时,不少人会在学习后提出诸多问题。在得到现场人员讲解后,他们的消防知识和能力就得到了一次提升。

志愿者为北京奥运服务

举办奥运会，是全国各族人民的共同心愿，是中华民族的百年企盼，是全国的一件大事。2008年北京奥运会，既是一次举世瞩目的体育盛事，更是一次普天同庆的文化盛典。

志愿者为大型赛会提供优质高效的服务，已成为大型活动中一道亮丽的风景。高素质的志愿者队伍和高水平的志愿服务，是成功举办"有特色、高水平"奥运会的基础和保障。

"170万名奥运志愿者的微笑是北京最好的名片。"北京奥组委志愿者部部长刘剑在奥运服务新闻发布会上这样说。

在北京的大街小巷，每天都有数以万计的城市志愿者用热情、周到、细致的服务，向中外宾客展示着微笑和真诚。

"鸟巢一代"，这是一个在北京奥运会期间流传开来的新名词。

国家体育场"鸟巢"是北京奥运会的标志。"鸟巢一代"是指参加奥运志愿活动的二三十岁的年轻人，他们掌握娴熟的外语，擅长与外国人对话，爱国心强，责任感重，具有奉献精神，心理素质好，有出色的团队合作精神。

"能帮我们拍张照片吗?"一对法国游客求助。

"没问题,我们一起说 ye!"英语专业硕士、24 岁的刘亮,刚刚帮助两名澳大利亚观众找到赛场座位,现在又忙碌在国家体育场前的花丛中,逗法国游客在镜头前摆笑脸。

"您看这张照片是否满意?"此时两位游客发现刘亮一直是一只脚着地,好奇地问起缘由。刘亮用流利的法语开起玩笑:"这叫'金鸡独立',也是一种休息了。"

志愿者们每天 8 时 45 分签到,21 时签退,刘亮的脚趾磨出了水泡。脚肿、腿僵、肩酸、胳膊疼,每个奥运志愿者们都经历了这样的辛苦。

北京外国语大学在读硕士研究生齐潇颖,曾担任国际奥委会主席罗格的陪同翻译。她说:"这就是志愿者的工作——细小、琐碎,没有陪在名人身边的光环,只有踏踏实实的埋头苦干。"

在奥林匹克公园地铁附近,一对焦急的意大利老人着急地抹眼泪。"二位遇到什么麻烦了?"在意大利留学读大三的志愿者赵闯,一口流利的意大利语让两位老人喜出望外。

原来,这对来自意大利米兰的老人与领队走散了。虽然手中有宾馆的房卡,但他们既没带手机,又不会说英语和汉语,一时没人能听懂他们的话。

赵闯很快就与老人所住的宾馆联系上了。宾馆方面又立刻联系领队、翻译，不一会儿，接他们的汽车开到了两位老人身边。这对意大利夫妇当下拿出500元钱使劲儿地往赵闯兜里塞。

赵闯一边拒绝一边笑着说："谢谢，能为你们服务就是我的荣幸！我们志愿者是从不讲报酬的。"

毕业于成都石室中学的志愿者邹志熙当时在斯洛伐克读书。由于他对北京的情况非常熟悉，加之他能熟练地使用英语、斯洛伐克语、捷克语和中文四种语言，因此成了外国人眼中的"中国通"。

邹志熙说："四川在遭受地震灾难的时候，全国志愿者都过去为灾区人民服务，太令人感动了，我做的这点工作根本不算什么。"在奥林匹克中心区下沉广场巨型中国鼓雕塑跟前，邹志熙一遍一遍地为路过的外国游客介绍路况。

在北京奥运会约7万名赛会志愿者中，约有300名华侨华人志愿者。他们是从3万多名报名者中经过层层选拔产生的。

来自美国的李丽珠女士说："每100多位报名的华侨华人中才能产生一名志愿者，希望100多人的能量都在我身上发射出去。"她表示，做一名志愿者"让我找到了自己的位置"，服务北京奥运是对祖国的一种贡献和支持。

奥运志愿者用自己的努力和付出，为确保奥运赛事平稳顺畅地运行作出了巨大的贡献。正是这一张张绽放笑容的脸聚成了中国最美的表情。

美国《纽约时报》说："给人印象最深的还是志愿者大军，他们对全世界发出了中国形象的最强烈信息。这是中国要向全球展现的面容：年轻、有期望、自豪、爱国。"

"北京奥运会志愿者们是这次奥林匹克运动会的基石，是北京奥运会真正的形象大使。"许多国外媒体评价。这些志愿者借助奥运会的契机，最大限度地激发和会聚了中国志愿服务的"原动力"，广泛传播了志愿精神和志愿服务理念，让"志愿"成为一种生活方式。

联合国副秘书长施泰纳毫不吝啬地将北京奥运会的第一枚"金牌"颁给了奥运会志愿者。他说："在本届奥运会上，无论谁获得的奖牌最多，有一点是毋庸置疑的，那就是志愿者们将赢得来京人士的由衷赞赏。"他们给了世界一个强烈信号：中国社会已经从号召时代走向了自愿时代，这是中国值得称赞的巨大进步。

走近青年志愿者队伍

奥运和残奥志愿者成为世所公认的精神文化遗产，在中国的社会文明发展中发挥着不可估量的作用。但大多数人只是对志愿者报以敬佩和关注的眼神，对他们了解得不深、不多，而真正走近他们，才知道这是一个积极想方设法为社会作奉献、并且是自愿投身其中的组织，是从精神到物质上都为他人提供全方位服务的百姓"110"。他们不仅随叫随到，而且还主动为人们着想，为人们服务。

出自北大资源学院的有两支志愿者队伍，在社会上非常活跃。其中一支叫香山志愿者服务团队，成立于2008年3月；另一支是北大资源学院青年志愿者协会，2006年10月成立，服务于田村。

香山志愿者服务团队是自发组织的，然后与海淀区、香山街道团组织、香山公园管理处团总支取得联系而成立，发起人是在校生朱显锋，他们经过服务竞争而落户香山旅游区开展志愿服务。

学院青年志愿者协会带有协会组织性质，人员更多一些，以田村站点为服务中心。两支队伍的事迹和成绩都很有一拼，都是海淀团工委表彰的先进团队，经常见报。田村志愿者服务站点还从他们接手前的三星级晋升到了五星级。

志愿者队伍的历史是由一个个鲜活的故事组成的,他们服务一天,就增加了一天的故事。

"蓝立方"是志愿者对自己移动式服务简易房的爱称,知道蓝立方的人,有困难就到蓝立方找志愿者帮忙。

2008年9月12日,田村服务站点的丁蕴蕊同学接待了一位河南来的老大爷。老人称老伴患了癌症,听说北京有家单位专售一种能治这种病的药,他是来送钱的。

服务站的小丁听老人说买一次药就得3万元,她又看了看老人的穿戴,应是收入不多的农民。她就仔细按老人提供的乘车路线和电话帮他查寻,结果发现地址和乘车路线都不对,查到的单位名不副实。但是,对方接电话称是卖这种药的,只是手里药卖完了,语气很冲。

小丁征得老人同意,又一次拨通了电话咨询详细路线。对方口气大变,直接说登门就不必了,路上不好走,3万元钱可以汇到他们账号里,等货到了马上汇给老人。小丁他们一听,心里戒备了,说凑凑钱就汇。

放下电话,丁蕴蕊又帮老人查了网络,发现了许多揭露那种药效力的帖子。当下,就把实情告诉了老人。

老人一听,吓了一身汗。他备受感动,说多亏了志愿者,他才没有上当。这3万元中还有好多是借来的,要被骗去,老伴的病好不了,一家人更没指望了。

香山志愿者服务团队的服务质量之好,博得了香山公园管理处的充分信任。遇到游客高峰时,志愿者都可以代替员工检票。

但香山志愿者服务团队并不以此为满足，总是想办法为游客服务，为绿色旅游添光彩。比如，他们发现在香山的游客中老年人很多，走起来比较吃力，即便是年轻一些的游客，走完香山那不停上山下坡的游程后，也是腿脚发软。对此，他们萌生了为游客免费提供"爱心手杖"的想法。

香山志愿者服务团队经过与香山街道团工委和香山公园协商，一个为游客免费借用登山手杖的服务诞生了。当游客们脚步轻快地还回手杖时，每每都要加上几句感谢的话，说为他们想得太周到了。

残奥会期间，田村志愿者服务队所在的半壁店服务站来了一位徐阿姨，她还带来一位80岁开外的老奶奶。老奶奶是徐阿姨的妈妈，她们母女是专门为残奥会和志愿者写寄语来的。

徐阿姨可是服务站的常客，自打北大资源学院的志愿者入驻了这个站点，她几乎天天要到站点看看，和孩子们说说心里的高兴和不快，她觉得心里话有地方诉说就是一件特别大的痛快事儿。

志愿者们把徐阿姨当亲人，充分利用这个交流平台，真诚沟通，密切往来，帮徐阿姨做事，还在徐阿姨过生日的时候，亲手制作礼物、给她联名祝贺。

徐阿姨也拿他们当自己的孩子，当残奥会结束、志愿者们要离开时，她特意为这12个大学生每人编织了一个小毛线包留作纪念,并与他们一一拥抱,难以离舍。

　　一天,香山平台附近有一个小女孩放声大哭。几个志愿者过去哄她,她仍哭个不停,几个志愿者分析她可能是与家人走散了。人海茫茫,小女孩只哭不说话,他们就找到香山公园广播站广播找人,但是很长时间没有结果。

　　几个志愿者就想办法哄得小女孩不哭了,问她是跟谁出来玩的。小女孩开始信任他们了,说是跟爸爸来的。几个志愿者向她问她爸爸的手机号,她告诉了他们。几个志愿者就一遍遍打她爸爸的手机,最后找到了她爸爸。她爸爸说他已经在附近找了几圈儿了,急坏了。父女见面非常激动,对几个志愿者更是非常感激。

　　对社会上的不文明现象,志愿者们也是想办法进行力所能及的说服教育引导。

　　田村志愿者服务队的同学们捡起行人乱丢的许多香烟头儿,在一块大背板上粘贴成"保护环境人人有责"的标语牌,行人见了,交口称赞。之后,站点周围路边和广场上的烟头儿明显减少了。

　　像这样的故事,数都数不过来,有大家知道的,还有做了好事不说的。

　　在香山公园月牙池,有个小孩子掉下去了,水淹没了头顶,是一名志愿者跳下去把小孩子救上来的。但当时场面混乱,记不清是谁下的水了,这个志愿者也一直没有出来承认。

志愿者们积极地、默默地奉献，得到了各级主管部门的认可，得到了社会的赞誉。当志愿者们穿着标志服往返于学校与服务点之间时，发现路人和公交车乘客总是对他们投来信任和尊敬的眼神。知道他们的人信任他们，有困难找他们，生活上关心他们，给他们提供工作方便。

　　看到这些，志愿者们就感到满足，就想发展自己的队伍，让更多的人进入到这个无私为社会、为他人作奉献的团队中来。

深入发展

志愿者面向海外活动

中国青年志愿者海外服务计划自 2002 年年初正式启动以来，志愿者在老挝、缅甸、埃塞俄比亚等 10 余个国家开展志愿服务工作，受到了这些国家的一致好评。

33 岁的武汉青年谢志刚，2006 年 9 月主动申请去埃塞俄比亚做志愿者医生。完成任务后，他选择留下来，继续做一名志愿者。他在当地开办了一家诊所，服务当地居民以及在当地工作的中国人。

他的勤奋以及精湛医术，赢得了人们的认可，他也收获了爱情，娶了一位非洲女孩为妻。

在他的诊所办公桌上，挂着一面小的五星红旗，"我要告诉来这里的人，我是一名中国医生"。

谢志刚，2000 年湖北医科大学，即现武汉大学医学院毕业，分配在汉阳铁路医院，即现汉阳医院工作。2003 年辞职，考上湖南湘雅医科大学医学硕士。2005 年毕业，应聘到广东花都中医院。

2006 年 9 月 10 日，汉阳大桥局宿舍，谢先明、陈汉云夫妇正在家中清理杂物，突然接到远在广东花都中医院工作的大儿子谢志刚的电话。他说："爸妈，我可能要离开您二老，到更远的地方去工作。"

任凭满是疑惑的谢先明、陈汉云老夫妇怎么劝说，谢志刚却总是卖关子："我很快回武汉，再告诉你们。"

4天后，剃着光头的谢志刚背着一个旅行包回到仅50平方米的家中。看到谢志刚的光头，谢先明知道儿子又有重大变化了。此前，谢志刚有过两次剃光头的经历，一次是考上大学，第二次是考上研究生。

吃完饭，谢志刚从旅行袋中拿出一本护照，说："爸妈，我已经申请去埃塞俄比亚当一名志愿者医生。"

原来，谢志刚在广东工作时，偶然在网上看到国际红十字会招聘志愿者，去埃塞俄比亚当医生，他没和父母商量就报名了。

看到儿子决心已下，谢先明夫妇没有阻拦，只是叮嘱："你离我们远了，在外面一定要注意身体。"当然让老两口儿放心不下的是，大儿子还是单身。

9月14日9时许，很少照相的谢志刚，特意照了个全家福。当天，谢志刚乘火车到达广东，然后从广东转乘飞机去了埃塞俄比亚。

埃塞俄比亚全国有8000多万人口，刚到达埃塞俄比亚首都亚的斯亚贝巴时，谢志刚怔住了：很多贫困人员由于缺医少药，来就医时已奄奄一息，"其实这些病完全可以治好"。

谢志刚被安排在当地一家医院工作。经过了解，他得知埃塞俄比亚每年才有120多名新医生参加工作，全国只有20台CT，一半在首都，但首都只有400万人口。

有一次，有位21岁学医的男青年埃利沙迪，由于几个月前喝生水吃生肉，导致拉肚子发烧，后来下半身瘫痪。当找到谢志刚时，他突然有了精神："医生，请你一定救救我，我还很年轻。"

谢志刚通过有限的设备及化验，初步确诊他为急性脊髓炎，当即给他输液，同时辅助中国传统的扎针灸。3个月后，埃利沙迪慢慢可以站起来了。

谢志刚免去了他的扎针灸费用，说："只要你将来好好学医就可以了。"可是埃利沙迪却说："我家太穷，我想做生意赚钱。"

谢志刚听到这句话，心里很难受，说："这也是我志愿者任务完成后，继续留下来做医生的原因。"

说干就干，谢志刚决定留下来开诊所。

埃塞俄比亚规定，要在当地开办诊所，必须办理当地的全科医生执照。

2008年3月，在众多考官面前，谢志刚从容作答，通过了面试、口试，然后进入笔试。

两个月后，谢志刚如愿以偿拿到当地全科医生执照，他开始申请开办诊所。9月份，他已完成红十字志愿者任务了，在埃塞俄比亚首都亚的斯亚贝巴郊区租下了一个200平方米的门面，诊所开张。

开办诊所也遇到了难题，需要一些医疗器械。血压计、心电图测试仪等小仪器，都是谢志刚的父亲在武汉买好后寄过去的。而一些大型的医疗仪器，则困扰着谢志刚。

2008年9月11日，当地的新年，谢志刚通过邮件发给记者一封求助信，希望能有好心人捐助医疗仪器。

有一件喜事谢志刚怎么也没有想到，他在当地找到了一位妻子。

2007年年底，他为一位男子治好病后，男子感激不已，说："中国人的医术真是好，我将亲戚的女儿介绍给您吧！"这个女孩就是今年28岁的叶内勒姆，当地语的意思是：我的世界。

初中毕业的叶内勒姆有7个姊妹，她最小。父亲是位厨师，母亲没有工作。

平时，叶内勒姆作为谢志刚的助手，经常在诊所帮助做一些事情，而谢志刚也请了一位护士。

2008年12月，谢志刚与叶内勒姆在当地领取了结婚证。拿到结婚证后，按当地习俗，他和妻子及妻子的家人、亲戚一起通宵跳舞、吃羊肉庆祝。

眼看中国人的春节到来了，谢志刚决定带妻子回中国过一个春节。1月9日下午，他和叶内勒姆乘飞机辗转香港、深圳、广州，最后于12日到达武汉。

下火车第一件事，谢志刚就是为爱妻买毛衣、棉衣。第一次到中国来的叶内勒姆从没感受过寒冷。在当地，一年四季都是30摄氏度左右的温度。

得知儿媳将要到来，谢志刚的家人特意熬好了一罐排骨藕汤。

叶内勒姆喝后，笑着说："OK，OK！"汉阳区建桥街道大桥一社区的领导还特意送来红色羽绒服，给这位洋媳妇保暖。

1月13日上午，根据相关规定，谢志刚带着爱妻来到武汉市涉外婚姻登记处，办理中国的结婚证。

谢志刚告诉记者："我虽然在国外行医，但始终记住自己是中国人！"

谢志刚把中国的"你好""欢迎"等130个常用的口语词汇写在本子上，让叶内勒姆学习中国话，他说："她是中国媳妇啊！"

四、美好前途

● 时任中共中央政治局常委、中央书记处书记的胡锦涛在百忙中抽出时间，以志愿者的身份参加为"三老献爱心"活动。

● 中央电视台的主持人孙小梅现场采访了这位死里逃生的女孩，她满怀感激地说："志愿者在我心中是世界上最好的人。"

● "志愿服务国际会议"在北京召开，是对中国志愿服务事业的肯定和促进，是中国志愿服务事业在与国际接轨方面迈出的重要步伐，也是中国志愿服务事业走向世界的又一新的标志。

不断加强制度化建设

2002年3月,团中央颁行了《中国青年志愿者注册管理办法(试行)》。此后,各地结合实际,认真组织实施,广泛开展志愿者注册工作,并以此带动志愿服务其他各项建设的发展。

一个是志愿服务的组织网络不断健全。

1998年8月,团中央青年志愿者行动指导中心正式成立,负责规划、协调、指导全团的青年志愿者工作,并承担中国青年志愿者协会秘书处的职能。山西、广西、广东、上海、贵州、重庆、辽宁、湖北、四川、北京等省(区、市)也成立了相应的专门工作机构。

2009年1月,形成了中国青年志愿者协会、35个省级协会、三分之二以上的地(市)级协会,以及部分县级协会组成的组织管理网络。这为青年志愿者行动的开展,进一步调动社会资源,创造了条件。

各级协会依托街道社区,建立了3万多个青年志愿者服务站,促进了志愿服务在基层的组织实施。

江苏省还在全国率先成立了由省委副书记牵头、相关部门参与、团省委负责日常工作的全省志愿者行动协调委员会,这将对加强志愿服务的组织协调和有效整合社会资源,发挥积极作用。

再一个是志愿服务的工作机制不断完善。

初步形成了一套行之有效的志愿者招募、培训、选派、服务期间的日常管理、评估、奖励及项目运行、资金筹措等内部机制，积极为志愿服务的持续发展创造良好的政策保障和法律环境。

自1998年以来，团中央积极争取有关部委支持，颁布实施鼓励青年参加志愿服务的保障政策，努力营造党政部门和全社会支持志愿服务的局面。

继1999年广东颁布国内第一部青年志愿服务地方立法后，山东、福建等省也先后通过本地的青年志愿服务立法，河南、黑龙江等省的立法工作也已纳入当地人大立法规划。

这些工作，都为推进全国志愿服务立法进程奠定了坚实的基础。

2002年7月，全国政协首次组成以王文元副主席为团长的视察团，对青年志愿者行动实施情况进行视察。视察团撰写了《关于青年志愿者行动实施情况的视察报告》并报送中央，对青年志愿者行动的深化和发展产生了积极影响。

在中央关怀下不断发展

青年志愿者行动从诞生之日起,就得到社会各界特别是党和国家领导人的关怀和支持。

1994年2月下旬,青年志愿者行动在全国拉开帷幕不久,共青团北京市委开展了"为老科学家、老教育家、老干部献爱心"青年志愿者行动。

这支以中青年医护人员和科技工作者为骨干的青年志愿者队伍,主要为老科学家、老教育家和老干部提供医疗保健、整理资料等长期志愿服务。

2月27日是星期天,北京寒风凛冽。时任中共中央政治局常委、中央书记处书记的胡锦涛在百忙中抽出时间,以志愿者的身份参加为"三老献爱心"活动。

从9时到11时多,胡锦涛和团中央的同志一起,带着北京医院、中关村医院、海淀医院和清华大学的青年志愿者,先后看望了从20世纪50年代末就参加我国核武器研制工作的中国原子能科学研究院研究员王方定、1938年就参加革命的中国科学院空间研究中心副主任吕强、海淀区第四十七中学化学特级教师部禄和。

胡锦涛和3位老人亲切交谈,同时对青年志愿者行动作出重要指示。

胡锦涛说:

青年志愿者上门服务,一是为老同志解决一些生活上的困难,重要的是在全社会弘扬尊师重教、尊老爱幼、见义勇为、助人为乐的传统美德,推动整个社会的精神文明建设,使青年一代在实践中把自己锻炼成为跨世纪的一代"四有"新人。

胡锦涛强调:

广大青年志愿者为作出突出贡献和有特殊困难的老知识分子、老干部、老劳模服务,是在社会主义市场经济条件下,建设精神文明的一种好形式,是雷锋精神在新时期的发扬光大。这是时代的召唤,社会的需要,青年积极参加,群众热烈欢迎。我们就是要倡导这样一种良好的社会主义精神风貌和文明风尚。

胡锦涛亲自参加青年志愿者行动,并对志愿者工作充分肯定,是对新时期青年工作的关心,更是对青年志愿者行动的热情支持,使广大青年志愿者深受鼓舞,有力地推动了青年志愿者行动的蓬勃开展。

1994年12月5日,中国青年志愿者协会在北京成立。时任中共中央政治局常委、中央书记处书记的胡锦涛特意为成立大会发来题为《时代呼唤千千万万青年志愿者》的贺信。

他在贺信中指出：

青年志愿者行动是适应时代呼唤和社会需要应运而生的。它作为共青团"跨世纪青年文明工程"和"跨世纪青年人才工程"的重要组成部分，是动员和带领广大青年投身两个文明建设的可贵尝试和新的创造。这项活动开展以来，得到广大青年的积极响应和社会各界的普遍欢迎，显示出强大的生命力，对于加强改革开放和社会主义市场经济条件下的精神文明建设，弘扬中华民族的传统美德，树立时代新风，促进青年健康成长，都产生着积极的作用，取得了可喜的成绩。

国家副主席荣毅仁亲自到会，对中国青年志愿者协会的成立表示热烈的祝贺。

荣毅仁在讲话中指出：

市场经济越向前推进，越需要大力加强社会主义精神文明建设，越需要尽快建立和完善多层次的社会保障和社会服务体系，从而推动经济和社会的协调发展。一年来，共青团组织开展多种形式、富有实效的志愿服务活动，为国家分忧，为群众解愁，锻炼了自己，受到全社会的广泛赞誉……

另外，联合国开发计划署驻华代表亚瑟·贺尔康也对中国青年志愿者协会的成立表示诚挚的祝贺。他说：

作为全国性社会服务组织，贵协会的成立树立了中国志愿服务的里程碑。我们一直关注着中国青年志愿者活动的开展……我们衷心希望中国青年志愿者协会为社会作出更大贡献，并祝事业成功。

党和国家领导人的支持和勉励、联合国开发计划署官员的称赞和祝贺，使广大青年志愿者受到极大的鼓舞。青年志愿者的代表在大会上宣读了《中国青年志愿者宣言》。

"宣言"说：

当历史即将跨入 21 世纪的时候，一个志愿献身于社会公益与社会保障事业的青年群体，在神州大地上蓬勃崛起。千万颗搏动着青春韵律的爱心，在"中国青年志愿者"的旗帜下汇聚集结。

这面旗帜镌刻着"奉献、友爱、互助、进步"的大字。每个中国青年志愿者，都将它作为自觉恪守的行为准则。

……………

　　这份宣言，信念坚定、激情洋溢，充满历史使命感和社会责任感。它是中国青年志愿者向社会的庄严承诺，也是他们今后的行动指南。

　　中国青年志愿者协会的成立，是我国志愿者行动向事业化方向发展迈出的重要一步。

　　全国各省、自治区、直辖市及铁道、民航等行业都建立了省级青年志愿者协会，各地市及社区也相继成立了协会、服务中心和服务站，初步构成了全国性的青年志愿者组织网络和服务网络。

　　这些机构的建立，使广大青年分散的个体化的道德热情和行为，融入制度化和社会化的服务体系之中，也为中国青年志愿者行动走向持久化、规范化提供了有力的组织保证。

　　时任团中央书记处第一书记的李克强在谈到成立中国青年志愿者协会的意义时说：

　　青年志愿者行动开展一年来，各方面的社会反响和青年参与程度都比原来预想的好得多。但人们普遍关心的问题是，青年志愿者行动能不能深入持久地坚持下去，能不能真正成为一项跨世纪的事业，能不能成为社会主义市场经济体制的有机组成部分。

成立青年志愿者协会这样一个全国性的组织，就是要形成一种机制，使青年志愿者行动在更大范围、更为持久地开展，使志愿服务行为变成一种社会规范，形成一种社会风气。

志愿者事业走向世界各国

1994年,中国青年志愿者协会成立并成为国际志愿服务协调委员会的成员,这就加强了与国际或区域性志愿者组织的交流。

最初的10年间,我国先后派遣近千人次赴西欧、北欧和东南亚等国参加和考察国际志愿服务活动。同时,邀请了几十个国家的志愿者来华开展环境治理、外语教学、扶贫开发和社区服务等工作,为国际志愿服务事业的发展作出了积极的贡献。

2001年是国际志愿者年,12月5日是国际志愿者日。这一年的这一天,在太平洋彼岸的联合国总部,第五十六届联合国大会就"政府和联合国系统如何支持志愿服务"的议题展开讨论,并通过在全球范围推动和发展志愿精神的决议。

当联合国和世界各国隆重庆祝国际志愿者年和志愿者日的时候,在中国改革开放标志性城市深圳,由中国2001国际志愿者年委员会、共青团中央、外经贸部、全国青联、中央电视台、中共深圳市委市政府、联合国开发计划署联合举办的"四海同心——2001国际志愿者年庆典晚会",在深圳大剧院盛大举行。

这台晚会会聚了众多明星。

晚会主持人更是阵营强大，包括香港凤凰卫视的吴小莉，中央电视台的白岩松、朱军、王小丫、孙小梅、张泽群等。

不同于一般晚会，此次登台的所有歌星和主持人，都是义务演出，没有任何出场费。

如果把整台晚会比成一条河流的话，那么在这条河上到处都可听到"爱"的声音。在晚会演出的26首歌曲中，歌名带"爱"的就有9首，如《爱的奉献》《让世界充满爱》《爱不必说》《爱的祝福》《给你一条爱河》等。

与晚会歌舞节目轮换进行的，还有中外志愿者感人事迹介绍。

挪威驻华大使叶德宏先生是一位国际志愿者，每到周日他就去长城捡垃圾。一次，一个女孩在游览长城时不慎摔下悬崖，情况十分危急。叶大使奋不顾身地滑到70多米的深谷下，将女孩解救出来。

晚会上，中央电视台的主持人孙小梅现场采访了这位死里逃生的女孩，她满怀感激地说："志愿者在我心中是世界上最好的人。"

第四届中国十大杰出青年志愿者、志愿服务先进集体颁奖仪式、全国青年志愿者代表的集体宣誓，将晚会推向高潮，充分演绎出志愿者"奉献、友爱、互助、进步"的时代精神。

晚会还穿插了现场募捐，天三奇实业（集团）有限公司向中国青年志愿者协会捐赠款物1000万元,赢得台上台下一片掌声。

深圳市委领导在接受中央电视台采访时说:

> 深圳作为中国志愿服务事业的发源地之一,深圳义工已成为深圳精神文明建设的一道亮丽的风景。我们将进一步加大对志愿服务的支持力度,促进志愿服务事业的更大发展。

相关国际组织及政府部门的近170名代表会聚北京,参加在我国首次举行的"志愿服务国际会议"。

这次会议的主题是"新世纪的志愿服务:认知、支持、发展",旨在促进志愿服务国际交流,推动政府、企业及社会各界对志愿服务的认同、支持和参与,推动中国和全球志愿服务事业的更大发展。

国务委员、中国2001国际志愿者年委员会主席吴仪出席开幕式并致辞。她说,志愿服务是一项以自愿且不图报酬的方式参与社会生活、促进社会进步、推动人类发展的社会事业。以"奉献、友爱、互助、进步"为基本内容的志愿精神在中国源远流长……

吴仪代表中国政府表示:

> 中国政府将一如既往地重视和支持志愿服务在中国的开展,并注重吸取其他国家和地区

的有益经验，努力地、不断地为这项事业的进一步发展创造良好的政策、法制和社会环境……

大会上，共青团中央书记处第一书记周强、联合国志愿人员组织总协调人夏珑女士发表了重要演讲。各国志愿服务组织和研究机构的代表，进行了广泛的探讨和交流。

大会还通过了《2002志愿服务国际会议北京宣言》，重点阐明了志愿服务在经济社会中的意义和作用、青年及青年组织对推进志愿服务的影响以及如何促进志愿服务在全球持续发展等问题。

"志愿服务国际会议"在北京召开，是对中国志愿服务事业的肯定和促进，是中国志愿服务事业在与国际接轨方面迈出的重要步伐，也是中国志愿服务事业走向世界的又一新的标志。

大有希望的美好明天

2006年12月23日,江泽民对青年志愿者工作作出重要批示:

> 青年志愿者行动,是当代社会主义中国一项十分高尚的事业,体现了中华民族助人为乐和扶贫济困的传统美德,是大有希望的事业。努力进行好这项事业,有利于在全社会树立奉献、友爱、互助、进步的时代新风。希望你们在新的世纪里继续努力,发扬我国青年的光荣传统,不懈奋斗,不断创造,奋勇前进,为实现中华民族的伟大复兴作出新的更大的贡献。

2003年8月,1万多名应届高校毕业生会聚在"大学生志愿服务西部计划"的旗帜下,告别都市和校园,奔赴西部基层开展为期1到2年的志愿服务。

到2008年,全国7万多名大学毕业生加入到志愿服务西部的队伍中,近两万名在职青年参加"青年志愿者扶贫接力计划",他们在教育、卫生、科技等基层岗位辛勤工作、默默奉献,为促进西部地区经济社会发展作出了实实在在的贡献,唱响了新时期"到西部、到基层、到祖国最需要的地方建功立业"的青春之歌。

不仅在农村,在和谐社会建设的各个领域,都活跃着青年志愿者的身影。

在城市社区,志愿者助老、助残、维护治安、法律援助、禁毒、消防等项目广泛开展,全国"一助一"和"多助一"长期结对服务数超过 680 万。

在环保领域,3.5 亿多人次的青少年参与到"保护母亲河行动"中,建设生态环保示范工程 3559 个,总面积 239.3 万亩。

在中非合作论坛、上海 APEC 峰会、全运会、大运会、残运会等重大赛会中,数百万青年志愿者为赛会的顺利举行提供了优质服务。

从 2002 年起,中国青年志愿者走出国门,走向世界,近 300 名中国青年分赴缅甸、埃塞俄比亚、圭亚那等 8 个发展中国家开展志愿服务,把中国人民的友好情谊带给受援国人民,成为国家援外工作的重要组成部分。

改革开放以后,我国已经迈入全面建设小康社会的新的历史阶段。

一方面,随着经济的发展和人民生活水平的提高,越来越多的人在满足物质生活需求后,产生了一种精神追求,即内心里希望为社会、为别人作点奉献,以提升自己的人生境界。因此,现在愿意参加志愿服务,愿意做志愿者的人越来越多,并且这种需求还在增长。

另一方面,随着改革的深入和社会经济结构的调整,不可避免地产生了一些困难群体，加上我国城市和乡村、东部地区和西部地区经济发展水平上的差异，也有相当一部分人和地区需要志愿者提供各种帮助。

正因为这两个需求都在不断增长，所以中国志愿服务事业有着巨大的发展动力、发展空间和发展后劲。

只要我们按照着眼发展、着力建设的基本思路，以推进志愿者注册制度为切入点，努力促进志愿服务队伍建设、组织建设、项目建设和机制建设，青年志愿者行动必将得到更加蓬勃的发展，我国的志愿服务也必将成为公民普遍参与的社会事业。

改革开放的伟大事业催生志愿服务的生动实践，社会进步浩荡洪流呼唤更多青年的奉献创造。

青年志愿者行动已经成为我国多层次社会保障体系的重要补充，推进城市社区建设的重要手段，沟通城乡、加强东中西部地区之间交流的重要渠道，是我国对外援助、民间交往、国际合作的方式之一。

青年志愿者行动是一项有美好前途的伟大事业。

志愿服务事业必将迎来辉煌的明天！

本书主要参考资料

《与高尚同行》钱念孙 邢军著 安徽教育出版社

《走进你》骆蔚峰主编 中国青年出版社

《燃情岁月》本书编委会编 中国青年出版社

《中国青年志愿者扶贫接力计划》卢雍政主编 广东经济出版社

《十年树木百年树人》朱迎主编 中国青年出版社

《大学生志愿服务西部计划综合培训教材》朱迎主编 共青团中央青年志愿者工作部编著 中国青年出版社

《中国青年西部创业手册》共青团中央青年志愿者行动指导中心编 中国青年出版社

《中国青年志愿者》中国青年志愿者协会秘书处编 大众文艺出版社

《北京奥运会残奥会京外省区市赛会志愿者风采展示与工作实务》廖恩主编 中国青年出版社